JN003599

CONTENTS

ママ・マッスル
占田タクル

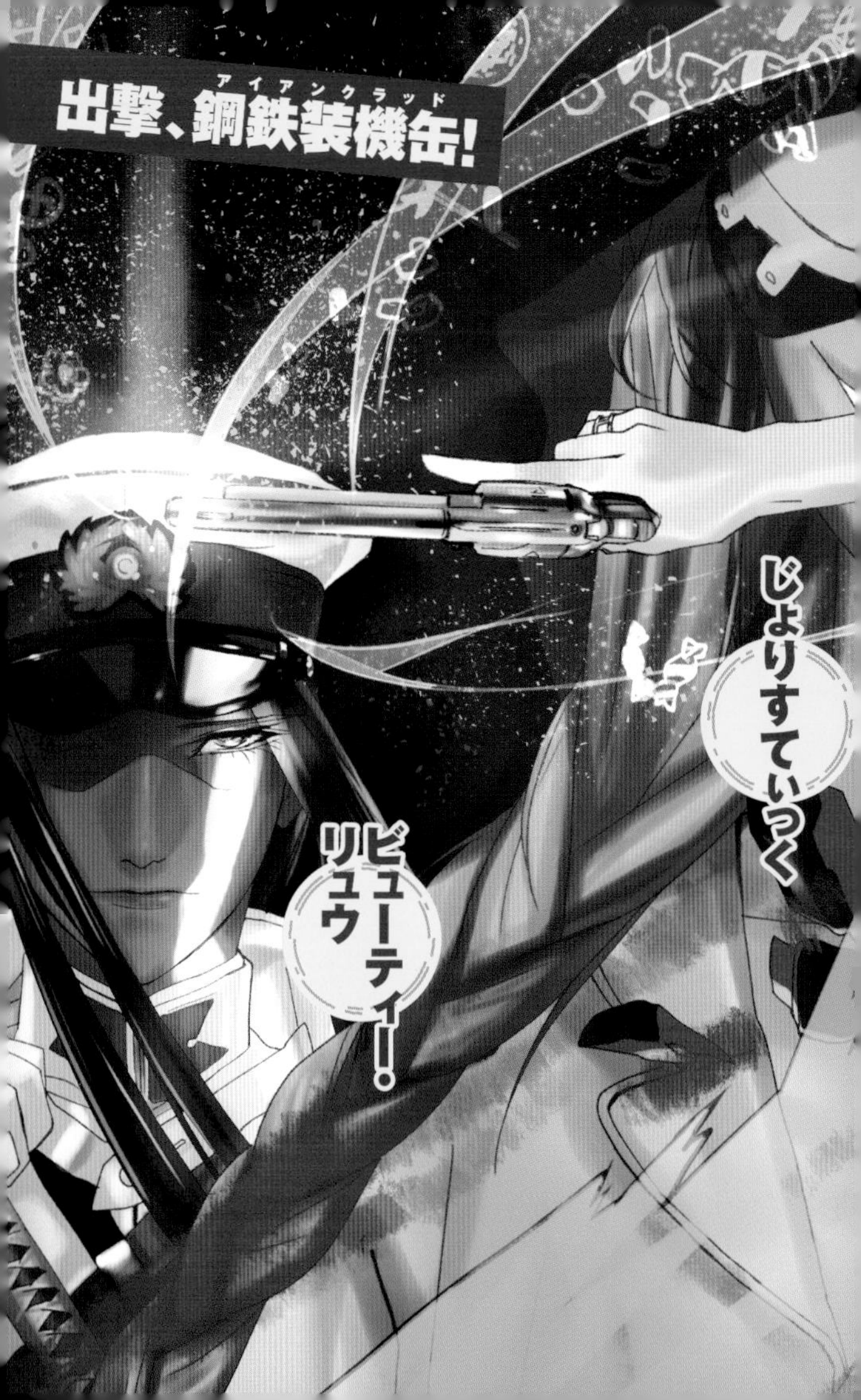
出撃、鋼鉄装機缶《アイアンクラッド》!
じょりすてぃっく
ビューティー!リュウ

メルヘンザッパーデストロイヤー

英雄になり損ねた男、最底辺スラムで掃除する

林トモアキ

角川スニーカー文庫

23606

本文・口絵イラスト／愛姫みかん
本文・口絵デザイン／木村デザイン・ラボ

プロローグ

その襲来は充分に予測されていた。

だが、その脅威は予測を遥《はる》かに上回った。

地球外生物兵器、ヴィトロムは無敵の生命体だった。衛星軌道から投下されてわずか一年で二十億人が犠牲となり、居住可能陸地面積の一割が奪われた。戦略級核兵器の超高熱で焼き払うか、足止めするくらいしか有効な手立てがなかった。


バイザーディスプレイがアラートを鳴らしている。

「隊長、来ます……！　ヴィトロムです……！」

「見りゃわかる」

除染剤に煙る青空の下、彼方《かなた》には鋭利な甲殻を持つ巨躯《きょく》の生物群が迫っていた。

一体が幅五メートル、長さ十メートル。虫のようなその数百匹が土煙を上げて迫る様はまさしく波濤《はとう》であった。

鋼鉄装機缶《アイアンクラッド》と呼ばれる、ボムスーツを装甲で覆い固めたようなシルエットの兵士が十人。

「隊長！　撤退は許可ではなく、命令として出ています！」

「わかっている」

その背後には、ヴィトロムとの戦闘で傷付いた少女たちがいる。血塗《ちまみ》れの少女たちが小動物のように身を寄せ合って震えて泣いている。

少女たちのさらに後ろに、政府の極秘研究施設があった。

「だったら！　我々の手持ちでは、どうあってもヴィトロムには勝てません！　それに隊長も見たでしょう、さっきの！　この子たちがヴィトロムを消し飛ばしたところを！　参謀本部の言う、この施設で開発していた対ヴィトロム用兵器というのはこの子たちのことです！」

「ふざけんな！　何が兵器だ、落ち着いてよく見ろ！　子供だ！　本当ならこんな薄気味悪ぃ研究所なんか関係ねぇ、中学か高校にでも行って今が一番楽しい時期の女の子たちだ！」

兵士一人で拠点防衛から対艦制圧まで行えると謳《うた》われたアイアンクラッドも、人間を敵として想定していた時点で時代遅れの産物だった。

実戦に現れた敵はサイボーグ兵でも無人機動兵器でもなく、ヴィトロムだった。アイアンクラッドなんて大層なものを着込んだ大人が、施設の研究資料だけを持って、ケガをして泣いている兵器扱いの子供たちを見捨てて撤退しろという。

《こちらは参謀本部だ。環太平洋機動軍装機歩兵戦隊、第二小隊長占田タクル大尉に告げる。必要な資料だけを回収し、撤退せよ》

防諜《ぼうちょう》保安のために加工された参謀本部からの電子音声へ、タクルは怒鳴った。

「必要ってのはなんだ！　この子たちや研究スタッフの命は必要ねぇってのか⁉」

《これは幕僚部の決定であり、君の責任が追及されることはない。必要なのは〝対ヴィトロム兵器〟の開発データだ。それを量産できれば人類に勝ち目はある。できなければ人類は敗北する》

「隊長、ヴィトロム群の先頭が距離二千まで接近……数は千体を超えています……！」

「わ……、私たちなら、大丈夫です……！　兵隊さんたちは、早く逃げて……！」

震える言葉と共に、少女の中の一人が立ち上がった。

その腕は数分前に千切れかかっていたにもかかわらず、もう出血が止まっていた。

見る間にも、肉が盛り上がり傷口を塞ぎつつあった。瞳には涙と共に、ぼうっと青白い光が揺らいでいた。ただの人間ではないことは明らかだった。

「私たちは、みんなの命を守るために兵器になったんです……！　犠牲になる覚悟はできています……！」

　タクルはその少女のもとまで行き、視線を彼女の高さに合わせた。

「ガキが生意気言ってんじゃねぇ。いいか。誰かを守るなんてことは誰にでもできるんだ。だが、ヴィトロムを殺せるのは君たちだけだ」

「っ……」

「研究資料回収のためのロータージェットがこっちに向かっているが、まだ十分かそこらはかかる。俺たちが時間を稼ぐ。君たちは生き延びるんだ。俺たちじゃ君たちを守ることしかできねぇが、君たちならこの地球に暮らす、もっと大勢の人たちの命を救えるんだ。他の何を踏み台にしても、君たちだけは生き延びろ。いいな？」

　タクルは女の子の頭に手を乗せ、他の少女たちのいる研究施設の方へ押しのけた。

《大尉。これは重大な命令違反として、査問と軍法会議の対象になるぞ》

「そりゃあ良かった査問委員会でも憲兵隊でも早いところ寄こしてくれ何せ人手が足りねえ。五分以内だ。急げよ、オーバー」

　参謀本部との通信を打ち切ったタクルは、チャンネルを切り替えた。

「こちら第二小隊！　ジョイス、聞こえるか!?」

《こちら第一小隊、感度良好だ！　全速力で向かっている！　まだ無事か!?》

「要救助者が六十四人！　うち、年頃の女の子が三十人だ！　俺たちの分のペイロードは無視して構わねぇ！　載せられるな!?」

《本気で言ってるのか!?　早まった真似《まね》はするな！》

「んなことはヴィトロムに言ってくれ！　とにかくカーゴ室の容量をいっぱいに空けておけよ！　オーバー！」

　タクルはヴィトロム群の観測を続ける副隊長のもとに向かった。

「副長、この子たちを連れて施設に戻れ。中にいる子たちとスタッフを屋上に上げて、籠城の指揮を執るんだ」

「な……私だけですか!?　私が女だからですか……!?」

「そうだ、てめぇがそんな下らねぇことをいつまでも気にしてるような頭でっかちなガキだからだ！　いつまで新兵気取りのつもりだてめぇ、言われたら怒鳴られる前に黙って走れ！　そしてこの研究施設を放棄すると言った参謀本部のアホをブチ殺してここに連れて来い！」

「り、了解っ……！」

副長の背中を見送ったタクルは、残る男どもに向き直る。

「希望者は副長に続いてバックアップに回れ。抜けるなら今しかねぇぜ」

男たちは肩を落とし、あるいは肩をすくめてヘルメットの中で嘆息した。

「死にたくねぇけど帰る故郷もなくなっちまった。俺は付き合います、隊長」

「俺もです。あの子たち見捨てて逃げたんじゃ、天国の娘に顔向けできません」

「あんたは隊長としちゃバカだが、間違ったことは言わねぇからな」

「あの副長ちゃんにも、たまには先輩としていいとこ見せてやらねぇと」

「参謀本部に殴り込むよりは、あのヴィトロムを全滅させる方が簡単でしょ」

部下たちの減らず口を聞いたタクルは、鼻を鳴らした。

「よし、副長以外はいつものアホなお前らで安心したぜ。だがその通りだ。たった十分しのぐだけの、シミュレーターよりも楽な仕事だ。俺たちはこの十分のために毎日毎日クソみてぇにつまらねぇ訓練を繰り返してきたんだからな。持ってる戦術核を全部群れの先端に叩《たた》き込み、機動力で撹乱《かくらん》する。群れとしての勢いを殺すんだ。一匹ずつが施設に紛れ込む分にはあの子たちの敵じゃねぇ」

男たちが昏《くら》く、だが決意を秘めた瞳で頷《うなず》く。

どこにも安全な場所などなく、誰も彼もヴィトロムに食い殺されていく世界で、死にたくはなくても生きることに疲れていた。

それでも。副長が引き連れていくあのか弱い少女たちに、希望の光を見た。

「いいか、俺たちは最強だ！　俺たちは無敵のアイアンクラッドだ！　人類最強最後の歩兵、無敵鋼鉄装機缶隊《グランド・アルマーダ》だ!!　行くぞ野郎ども!!」

「「おおおおおおおおッ――!!」」


その襲来は充分に予測されていた。

その脅威は予測を遥かに上回ったが、死力と科学力を尽くした人類は多くのものを犠牲にすることで、多くのものを生み出した。

中でも、新世代エネルギー『メルヘン』を使用可能な少女たちだけで構成された戦略防衛突撃旅団、通称ガールズアサルトは人類の天敵であったヴィトロムに対し、猛威を振るった。最終的に人類は地球人口の半分と引き換えに、絶滅を免れた。

そして、地球連合政府による戦争の終結宣言から二年――。

1　ゴースト街

①

世界はかつての豊かさを取り戻そうと、復興に喘《あえ》いでいた。

一方で戦禍を免れた階層型自己完結都市《アルコロジー》の周辺には、避難を求めて流れ着き、しかし受け入れられなかったフロー者と呼ばれる人々が、未《いま》だに故郷へ帰ることもできぬまま浮草の如き居留を続けている。

ここは三千メートル級のスーパーアルコロジー、スーパートーキョーの足元に広がる外縁区。旧世紀の繁栄を示す鉄筋コンクリートの廃墟《はいきょ》群。

昼なお暗く、いつも誰かが誰かをなじり、時に小鳥が囀《さえず》るように銃声が鳴り響く、鬱蒼としたコンクリートジャングル。人がいるかいないかもわからぬ街。他のどこかで消えたはずの誰かが潜んでいる街。いたはずの者が気付けばいなくなっている街。誰からも関心を持たれぬような者たちが吹き溜《だま》る、この世の最果て。

誰が呼んだか、その名もゴースト街。

そこに、髪も髭《ひげ》も最低限にしか手入れしていないような有様で、いかにもうだつの上がらぬような風体で、しかし世の中全てが気に入らぬように目だけを異様にギラつかせた、そういう男がいた。

無人のうらぶれた通りを行くそんなタクルの前に、手足や目をサイボーグ化した、まだ二十歳そこそこのような青少年が十人、徒党を組んで立ちはだかり、取り囲んだ。

「ようオッサン！　先月はよくも仕事の邪魔をしてくれたな……！」

「俺たちのギャングとしてのシノギをオシャカにしやがって！」

「ここで落とし前を付けさせてもらうぜ……！」

無法の街を象徴するような少年ギャングに向かって、タクルは吐き捨てた。

「何がギャングだクソガキども。カタギの難民イジメて金たかって、それで生きてて楽しいか。羨ましい話だな、ったく」

「ケッ、うるせえ！　聞いたぜ、大層な被《かぶ》り物《もの》しなきゃ戦うこともできねえ、アイアンクラッド部隊の生き残りだそうだな！」

一人の少年の話に、他もこぞって相槌《あいづち》を打った。

「おい、地球のために戦ってくれた元軍人様に失礼なこと言うなよ。大層なもん着てても肝心の戦争で何の役にも立たなかった、の間違いだろ？」

「てめえにはあちこちの組織から賞金がかかってるからな！　それを手に入れてこんなゴミみてえな街とはオサラバするんだ！　悪く思うな！」

「おいオッサン、こっちは銃も持ってんだぜ、わかってんのかよ⁉　わかったら何とか言えよコラ！」

銃を持っているのは三人しかいない。タクルは薄暗く嗤《わら》った。

「じゃあそいつを俺に奪われねぇように気を付けろよ。なんたって俺は戦闘訓練を受けた元軍人様だからな」

八方囲まれているくせに異様な殺気を漂わせるタクルの相貌に、少年ギャングたちの方がたじろいだ。

「っ……な、なんだよこいつ、おかしいんじゃねぇのか……！」

「ビビってんじゃねぇ、こっちは十人いるんだ！　負けるはずがねぇだろ！」

「やっちまえッ……！」

タクルは拳銃持ちに狙いを付けさせぬよう、他のギャングの間に素早く割り込む。そして距離を詰めると、銃を持った相手から殴り付けていき、その間に殴られた数だけ他の連中を殴り返し、殴り倒した相手の顔を蹴られた分だけ踏みつけた。

　何人かは粘ったが、二、三発殴ると大人しくなり、ほんの一分ほどもかからず、最後に立っているのはタクルだけになった。他は全て動けなくなるか、気を失って動かなくなった。

「クソが。そんな大層なサイボーグパーツ着けてもこの程度かよ。殴ってるこっちが悲しくなっちまったぜ」

「っぐ……ま、マジで……つええ……！」

「ば……バケモノだ……！」

「てめぇらが弱すぎんだ！」

　ばぐっ！

「すっすみませんでした！　俺ら、組織の人にケジメ取って来いって言われて……！」

　タクルは彼らの持っていた銃を全て取り上げ、ベルトに差し、一丁だけ手にしたまま、倒れているギャングらの前に座り込んだ。

「ひぃ……！」

「人の命狙っといて、すみませんじゃ済まねぇことくらいわかってんだろ。金出せ。外せるパーツも全部外せ。寝てる奴《やつ》らも叩《たた》き起《お》こして全部俺の前に正座させろ」

「「はっ、はいっ……！」」

　ほどなく、そのようになった。

　タクルの前にははした金の山と、人間一人分になりそうなサイボーグパーツが並べられた。

「ふざけんなよお前ら。なんでギャングが十人もいて三万と小銭しか持ってねぇんだ」

　タクルがしろと言ったのは正座だったが、一番年上らしい青年は土下座して答えた。

「すみません！　俺ら、ほんとにギリギリで……！　食うだけじゃなくて、パーツメンテしねぇとこいつらも動けねぇし……！」

「もういいってリーダー、そのパーツまで持ってかれたんじゃ、もう終わりだよ……」

「……俺、また歩けなくなっちまった……」

「俺はまた利き腕だ……やっと箸持つのとか慣れてきたんだけどな……」

「目が……見えねぇ……」

　こんな時代、こんな場所ではまともな働き口も見つからない。生きることすら難しい。だから手足などを欠損した者はサイボーグ化してでも当面間に合わせようとする。良い施術によって良いパーツをぎ装すれば生身以上の身体機能を獲得できる。

だが、良いパーツの場合だ。

安いマン＝マシン・ドライバーではそれ自体の耐久力も、装着できるパーツも、引き出せる性能もたかが知れている。長い目で見れば、結局はその定期的なメンテナンスコストで高くついてしまう。そして誰もが貧しいこんな場所だからこそ、怪我《けが》で不安な心に付け込みわざと精度の低いパーツを売り付けるような悪徳な商売人もいる。

タクルは盛大に溜息《ためいき》をついた。

「なあお前ら。こうやって銃で脅されて、生きるのに必要なものを奪われたらどんな気分になる？　最高か？　そんなはずねぇだろ」

「お……俺たちだって、好きでこんな体になったり、カツアゲしてるわけじゃねぇ！」

「そうだ、再生医療は時間がかかって高くつく……！」

「生きるために必要な……！」

タクルはパンパカパンと銃を乱射した。誰にも当たらなかったが、声は止《や》んだ。

「ガキのくせに偉そうに開き直るんじゃねぇクソが。何が生きるためだ、この街にいる誰だって好きでこんなところに住んでるわけじゃねぇ。自分のためなら他人は死んでもいいなんてクソ野郎は、他の誰かからもそう思われて結局ブチ殺されるんだぞ。それでもいいってやつは言え。世間の迷惑だから俺が今から脳天ブチ抜いて殺してやる」

タクルは昏い瞳のまま、一人一人の鼻先に、まだ硝煙と熱の漂う銃口を向けた。

「お前か？　お前はどうだ？　お前は？　あ？　どうした？　死ねばお望み通り、こんなクソみてぇな街とおさらばして、楽になれるんだぞ？」

一人一人全員が懸命に首を横に振った。

銃を持つ男は冗談のような口ぶりだったが、目付き顔付きが本物だった。何より、一つはっきりしているのは、今その男が持っている銃は、彼ら自身がマフィアから渡された鉛弾入りの本物だということだ。

「す……、すみませんでした……！」

「許してください……！　許してください……！」

「勘弁してください……！　もうしませんから……！」

「……そうか。みんな嫌なら仕方ねぇ」

タクルは銃を下ろすと、それもベルトに差して立ち上がった。

「もう年寄りとか子供狙うような悪さはすんなよ」

「ゆ……許してもらえるんですか……!?」

ぼぐっ！

「あだっ!?」

「何が許すだ調子こいてんじゃねぇ！　俺みてぇに見逃してやる奴ばっかりじゃねぇんだ！　わかったらパーツ着けてさっさと消えろ、次来たらブチ殺すぞ！」

「わっ、わかりました……！」

「ありがとうございます……！　おい……！」

　パーツが必要な者は自分のパーツを装着し、そうでない者は取られなかった小銭を掻《か》き集《あつ》めると、青少年たちは一目散に逃げて行った。

　中には泣いている少年もいた。

「こ、殺されると思った……俺、絶対殺されるんだと思った……！」

「何が楽な仕事だ、マフィアに囲まれるよか百倍やべぇじゃねぇか……！」

「プライドとかメンツとか言ってるような連中じゃ勝てるはずねぇよ……！」

　世界は復興に喘いでいた。

　だが、そんな復興の光さえ当たらぬ場所でも、人々は頑張って生きていた。

②

ゴースト街の西の外れ、フタゴ・タマガーに出てきたタクルは河川敷に下りて座り込んでいた。

先ほど取り上げた粗悪なプリンター拳銃を眺め、溜息をつく。

「あれだけの人数がいるのに三万しか持ってねぇんじゃな……哀れ過ぎてコレしかもらえねぇだろ、ったく」

あの青少年たちも生活に困っているから、徒党を組んで傭兵《ようへい》の真似事《まねごと》をしているのだ。遊ぶ金欲しさに、というほど余裕のある子供はこんなところにまで流れてはこない。そもそも遊ぶ場所がないからだ。

「……俺たちが命を懸けたあの十分間は、こんな世界のためだったのか……？」

正確には、そのたった十分と持《も》ち堪《こた》えられずに部隊は全滅した。そして最悪なことには、部下たちに突っ込めと命じた自分だけが生き残ってしまった。本当に命を賭したのは部下たちなのに、そうではない自分だけが今ある世界に文句を言っている。

「……」

タクルが河川敷から見上げたジェミニブリッジは封鎖されている。

渡ったところで封鎖された向こう側に道は続いていない。核爆発で地表を剝《は》ぎ取られ、剝《む》き出しとなったローム層の赤茶けた大地が、湿った砂漠のように彼方《かなた》まで広がっている。戦時中に、すぐそこまでヴィトロムが迫っていた証拠だ。

理論上、あらゆるものを食べ、いくらでも増える特性を持つヴィトロムは、この極東管区トーキョーにも迫り、生きとし生ける全てを喰《く》らい尽くそうとしていた。全球的な広がりを見せるヴィトロムの侵攻に対し、地球軍は戦略級核兵器の熱で焼いて遅滞を迫ることしかできなかった。度重なる爆圧と衝撃波で、この辺りにあった旧世紀の建築群もみな薙《な》ぎ倒《たお》されてしまった。

川の向こうへ行くことを咎《とが》める者はいないが、まともな人間のいていい場所ではない。だから時折、まともでなくなった人間が川を泳いで渡っていく。

「向こう側に一週間いれば確実に死ねるらしいが……」

ぼうっとそんなことを思ったタクルは、すぐに鼻で笑った。

「……ま、泳ぐには早ぇ季節だ。死ぬつもりなら俺だってあの時、もっと早くジェネレーターをオーバーロードさせれば良かったんだからな……」

ひとしきり川面《かわも》を眺めたタクルが、気持ちを切り替えて立ち上がろうとした時だった。

「あれ、やっぱ占田さんじゃねーか。こんなとこでなにタソガレてんだよ」

「あ……？　なんだ、ミリィか」

そこにいたのは、先ほどのギャングらと変わらぬような年頃の女の子だった。

いつものレザーキャップで、赤いフードパーカー。髪はサラサラ、ピアスはキラキラ、ネイルはピカピカにした、この辺りでは珍しいオシャレな女の子だ。

小脇に紙袋を抱えている。

「なんだとはご挨拶だな。十七歳の美少女に向かってよ」

「いいかミリィ。俺はこう見えても元アイアンクラッドだ」

「あたしだって元ガールズアサルトの魔女だぜ」

体内にメルヘンと呼ばれるエネルギーを宿し、それを使ってヴィトロムの外殻を構成するハイパーストラクチャーを破砕する。

それまで戦略級核兵器でしか対抗できなかったヴィトロムを、まるで害虫でも駆除するように容易《たやす》く葬り去ってしまう特殊能力を持った少女たちは、いつしかその魔法のような能力をして自分たちを魔女と名乗り、またそう呼ばれるようになっていった。

ミリィはそんな魔女だけで構成された特殊部隊、通称『ガールズアサルト』にいた一人だ。

「ヤブカラボーに自己紹介なんかして、どうしたんだよ占田さん」

紙袋から取り出したドーナツを食べ始めたミリィに、タクルは続けた。

「俺は戦闘訓練を受けているから、犯罪組織が幅を利かすこの街でもまあ強ぇ方だろう。だから、この街を良くしたいっていうミリィの気持ちを汲《く》んで、トラブルバスターみたいなマネに力を貸してきたがな。さっきも逆恨みしたようなガキどもに因縁を付けられて、返り討ちにしてやったところだ」

「ピストルなんか持ってるから何かと思えば、戦利品かよ。やっぱすげーなあんた」

ミリィが咥《くわ》えたドーナツのように目を丸める。

小は個人のペット捜しから、大はマフィアやギャングといった犯罪組織同士の抗争の仲裁役まで。この街で起きるトラブルは粗方の相場が決まっていて、ある程度の度胸と腕っぷしがあればなんとかなった。

「なんでもいいけどほら、占田さんも食えよ」

まだ温かいドーナツを一つ、タクルはミリィから受け取った。

「ヒトが命狙われたのになんでもいいってことねぇだろ」

「チンピラに因縁つけられてる屋台助けたら、くれたんだ。揚げたてだからさ」

「……とにかくだ」

タクルはオールド・ファッションをかじって続けた。

「この街で揉《も》め事《ごと》に首突っ込んでも、買うのは恨みばっかりだ。俺みてぇなもう終わった

人間は、誰かに感謝されたところで何があるってわけじゃねぇ。俺は掃除や皿洗いのバイトして、まかないにハム一枚付けてもらうことに幸せを感じるような、そんなささやかな毎日で充分満足してるんだ。悪いが、もう俺のことは放っといてくれ」

「だめだろ」

　真顔のミリィにノータイムで否定された。

「あんた何言ってるんだよ！　見ろよこのゴースト街を！　大人は生きることだけで精一杯で、子供は勉強する機会も与えられねー、年寄りは年寄りだけで集まって世間の愚痴を言いながらお迎えを待つだけのような毎日だ！　戦後復興のお題目にカマケた政府の目はこんな場末まで届いちゃいねーし、だからケーサツも機能してねーし、それでクズみたいな犯罪組織が我が物顔でルール作って、他に行き場のねー弱い難民から上前をハネやがる！」

　そんなことを少女が。本来であれば自分こそが学校に通っていなければならないような年齢のミリィが憤っていた。

　子供にそんなことを言わせておいて、大人の自分が自分のことしか考えていなかったことに気付いたタクルは……なお自分に嫌気が差してくる。

「なあ占田さん、あんたの気持ちはわかるよ。あたしだって魔女のハシクレだ。みんなで命懸けで守った世界に、こんなゴミみたいな街があることにガッカリしてるぜ」

「仕方なくとはいえこの街に住んでる全員に向かってひでぇ言い方だな」

　ミリィはもう一つドーナツをタクルに渡し、また一つを自分の口に咥えた。

「……あたしはただ、人間が同じ人間を平気で傷付けたり、弱い人間を困らせたりするような世の中は間違ってるって思うんだよ。そしてそういう誰かを守れるのは、自分のことを後回しにしてでも戦えるようなヒーローだけなんだよ。あんたは人を守るのが仕事の、正規軍の兵士だったんだろ。しかも最強最後の実戦歩兵部隊、アイアンクラッドの生き残りだ」

　タクルは鼻で笑った。

「生き残りなんて立派なもんじゃねぇ。前も言ったがカッコつけて部下だけ死なせて、クビになったんだ」

「前も聞いたよ。けどあんたやあんたの仲間が命を張ったのは事実だろ。戦場に出たこともねーフツーの連中が知らねーってだけで、事実を知ってる魔女の間じゃあんたは伝説の英雄だ。あんたがいなかったらフェアリーテールズの大魔女、白雪姫はいなかった。世界を救ったのが魔女だって言うなら、その魔女たちを終戦まで引っ張ったのが白雪だ。白雪を救ったのはあんたたちだ。白雪はいつも他の魔女に言ってたぜ。ヴィトロムを倒せる自分たちが泣いているのに、ヴィトロムを倒せないはずの兵隊さんたちは誰も怖がらずにヴィトロムに立ち向かっていったってな」

「やめろ。結果論だ」

「なーにがケッカロンだよ頭痛薬の名前かよ。とにかくあたしは、あんたみてーな立派な人間が、こんなとこでくすぶってるのは嫌なんだよ」

「……」

　黙って息をつくタクルへ、ミリィが三つめのドーナツを押し付けてきた。

「お前な……俺のことを餌付けでもしてるつもりじゃねぇだろうな」

「って食うのかよ」

　言いながら、ミリィも三つめを食べ始めた。

「いくつもらったんだ？」

「十個。残ったら明日の朝オーブンでカリッと温め直して、あったかいミルクと一緒に食うんだぜ。最高だろ？」

　ミリィは屈託なく笑った。魔女はたくさん食べる。魔女の知り合いなんてミリィくらいしかいなかったが、彼女曰《いわ》くそういうものらしい。

「悪かったよ占田さん」

「ん？」

「このところ、ケンカの仲裁だとかギャングを追っ払うだとか、面倒な依頼ばっか受けてたからな。疲れてたんだろ？　あたしが悪かったって。これ食べて元気出せよ」

さらに袋から取り出そうとする四つめを、さすがに断った。

「そんなには食えねぇって」

ドーナツは詫《わ》びのつもりなのだ。

ミリィのような人間を、ムードメーカーというのだろう。話していると、生きるか死ぬかなんて気にしているのが、本当につまらないことだと思えてくる。死ねもしないくせに死ぬことを考えていても仕方ない。だったらミリィのように、明日何を食べるかを楽しみに生きた方が建設的というものだ。

「……心配させて悪かったな。別に向こうへ渡ろうとか考えてたわけじゃねぇんだ」

「当り前だろ。ただの人間があっち側に行ったら死んじまうぜ」

「当り前か。はは、そりゃそうだな」

こんな子がいるなら、世の中もまだ捨てたもんじゃないと思えてくる。

「ん……？」

ミリィがジェミニブリッジの足元へと目を細めた。

「どうしたミリィ」

「いや、あそこ。誰か倒れてねーか？」

橋脚の陰に、確かにそのようなシルエットが見えた。

この辺りは廃墟《はいきょ》が豊富だ。後ろの街にいくらでも空き部屋があるのに、わざわざこんな吹きさらしの橋の下に寝泊まりする者はいない。

タクルはミリィと共にそちらへ駆け寄った。

③

「おい、大丈夫か……!?」

倒れていたのは確かに人だった。

裸足《はだし》で、病院から抜け出してきたような簡素な患者服姿で、そのほとんどが血で染まっている。生地に空いた弾痕から、撃たれているらしいことは明らかだ。それも一発二発どころの話ではない。体型からして女の子のようだが、顔はわからない。

なぜわからないかというと、どこかで拾ったような穴開きバケツを頭に被っていたからだ。

「……はっ⁉」

「うおわっ⁉」

女の子が突然飛び起きたので、タクルは驚いてひっくり返った。

「ご……、ごめんなさい……！　あ、あなたは……あなたたちは誰……⁉」

バケツの錆《さ》びて穴の開いたところから、ちょうど女の子の目が覗《のぞ》いている。そして手には穴開きバケツ同様、どこかに落ちていたような錆《さび》だらけの包丁を持っている。片手分しかない柄をしっかりと両手で握り締めている少女へ、ミリィは片膝をついて言った。

「落ち着け、あたしらはそこを通りかかっただけのモンだ。お前が血だらけで倒れていたから見に来たんだよ。大丈夫か？」

ミリィという同年代らしい少女の言葉に、彼女は幾分冷静さを取り戻したようだった。

「血……？」

と、女の子は今更気付いたように自分の身体を見下ろした。バケツなんか被ってて見えるのかとも思ったが。

「……これは……気にしないで」

痛みを感じている様子もなく、声のトーンからも怪我《けが》をしているようには感じられない。

「……撃たれたんじゃねぇのか？」

そう尋ねたタクルの後ろを見て、少女が息を呑《の》んだ。

タクルが振り返るとこんな街外れの堤防の上を、装甲四輪が走ってくるところだった。

鮮やかな青紫《バイオレット》のカラーリングとＡＤのイニシャルロゴは、多数の犯罪組織をフロント企業として抱える世界最大の犯罪シンジケート『アングロサクソン・ダイアリーズ』のものだ。その巨大な組織力と強大な軍事力は、難民キャンプなどに最低限の秩序を与えるための必要悪として、政府が黙認しているとも言われる。

（……こんな街外れに、何の用だ……？）

ここは人が住める限界域だ。金目となればゴミ漁り《スカベンジャー》がジャンクの一かけらまで持ち去るような場所だ。儲《もう》け話など到底あるように思えない。

「あれがどうかしたのか？」

タクルが少女に尋ねようと視線を戻した時には、彼女は橋脚の陰に隠れるように、小さく身を丸めていた。

「なんかワケアリらしーぜ、占田さん。どうする？」

「あの子のことは知らねぇが、犯罪組織に肩入れする理由はねぇだろ」

「おい、そこのフロー者ども！」

堤防の上から居丈高に声を掛けられ、タクルはむすりと振り返った。

フロー《flow》者とは文字通り流れ者の意味だ。どこからともなくこの地へ流れついた戦争避難民もそうだし、この地へ逃げてきた犯罪者や賞金首のような悪党もそうだ。当人らが自分たちを表す場合にはともかく、そうではない者が使う場合には、大抵はいいニュアンスを持たない。

制服姿、フェイスガードをした兵士二人がクルマから降り、堤防を下ってきた。手にはサブマシンガンを持っている。この辺の武器屋でやり取りされる傷だらけの粗悪品ではない。火薬式だが、ピカピカの新型だ。

「この辺りで女の子を見なかったか⁉　十六歳、黒髪、身長は一五八センチ！　この辺りの難民のガキと違って育ちがいいからすぐにわかるはずだ！　有力な情報には報酬を出すぞ！」

そうは言っても、見かけたのはバケツを被った女の子だ。

タクルは十六歳にしては発育の良さそうなバケツ少女のスタイルを思い出したが、この場合の育ちというのはそういう意味ではないだろう。

「育ちが悪くて悪かったな」

タクルより先に、難民ではなくスタイルもいいがこの上なく黒髪から遠いミリィが食ってかかった。

「てめーらはどっかのアルコロジーのお坊ちゃまかよ」

「なんだと貴様……!?」

「おい、いちいちガキの相手なんかするな！　そっちの貴様、どうだ！」

問われてタクルは肩をすくめた。

「……さあ、知らねぇな。その子が何だってんだ」

「質問をしているのはこちらだ！　答えろ！」

銃を突き付け脅してきた。ただの家出娘を捜しているにしては大袈裟《おおげさ》だ。

まるで、ドラッグをライバル組織に奪われたマフィアのような血相だ。

「知らねぇっつってんだろ。いちいち怒鳴るんじゃねぇクソが。ブチ殺すぞ」

「っ……チッ、この辺りの連中はこれだからな……！　行くぞ！　時間の無駄だ！」

タクルの悪態にわずかばかり慄《おのの》いた兵士たちが強がるように悪態を返し、踵《きびす》を返したその時。

ガランとバケツの転がる音がした。まさかと思ったタクルとミリィが兵士と一緒に振り返ると、女の子が橋脚の死角からはみ出すように倒れていた。

これではせっかくとぼけてやった意味がない。

「お、おまっ、何やってんだ……!?」

「ご……ごめんなさい……、お腹《なか》が空《す》いて……めまい……が」

ゴン、と。タクルは兵士から銃口を突き付けられた。

「貴様、隠し立てをしたな！」

「してねぇよ！　あんなパジャマでバケツ被ってる奴《やつ》が育ちがいいなんて思うかよ！　向こうに渡ろうとしてるココの変な奴としか思わねぇだろ普通！」

「屁理屈《へりくつ》を抜かすな！」

「うるせぇクソが！」

タクルは突き付けられた銃口を摑《つか》んで逸らし、兵士を殴りつけた。よろけたところで奪ったサブマシンガンでさらに殴る。

その時には、ミリィがもう一人の兵士と対峙《たいじ》していた。

「俺のサイボーグアームは違法出力《イリーガルパワー》の戦闘用だ！　ダイアリーズに逆らうとどういう目に遭うか思い知らせてやる！」

握り締められた鋼鉄の塊が、超電導アクチュエーターにより杭打機《くいうちき》のように打ち出される。

　プロテクターを着けたヘビー級ボクサーでも一発でノックダウンするはずのパンチは、ミリィに片手で受け止められた。

「なにっ……!?　バカな……！」

「バカはてめーだ、女相手に平気でこんなもの振り回しやがって！　お仕置きの時間だ！」

　ミリィは魔女の握力でサイボーグのゲンコツを捕まえたまま、もう片方の手で兵士の顔面をぶん殴った。拳銃弾でも受け止めるフェイスガードが砕け、吹っ飛んだ兵士は起き上がらなくなった。

　そうこうするうち、クルマの方から異変を察した仲間の兵士が降りてくる。

「ああ、なんかめんどくせーな……！　どうする占田さん!?」

「逃げるに決まってんだろ！　こっちだ！」

　タクルはバケツ少女の手首を掴み、堤防を駆け上がった。

　背後では倒れた兵士に他の兵士が合流する。

「おい、しっかりしろ！　何があった!?」

「う、ぐ……！　あの、フロー者ども……！　バケツを被《かぶ》せた娘がそうだ……！」

「止まれ！　止まらんと撃つぞ！」

《警告などいらん、許可は出ている！》

クルマのスピーカーからの声と一緒に銃弾が飛んできた。

《この先に逃げ込まれると厄介だ、殺してでも連れ戻せ！》

「マジかよ！　急げミリィ！」

「急いでるって！」

バケツ少女を連れたタクルとミリィは堤防を街に向かって駆け下り、コンクリートだらけの市街地へ転がり込んだ。ゴースト街に入ってしまえばこっちのものだ。旧世紀のアパートや商業施設といった高層建築群が折り重なったコンクリートジャングルは、土地勘のない人間が自由に歩けるような場所ではない。あんな大柄なクルマが行き来できる幅も、滑らかな道もない。

フタゴ・タマガーから充分に離れたところで、足を止めて一息ついた。

「……はぁ、はぁ……なんとなく雰囲気で連れてきちまったが……、これで良かったのか……？」

バケツを被った少女は頷《うなず》く。

「……だ、大丈夫……私は、あの人たちに捕まるわけにはいかな……い、から……」

ふらっとよろけたバケツ少女は、

「ほんとに大丈夫かよ……!?」

支えようとしたミリィの腕の中に、そのまま倒れ込んだ。倒れた拍子にバケツが外れると、中には美しい黒髪をした少女の顔があった。

「……なるほどな」

「いや、何がだよ占田さん」

「育ちがいいって言ってただろ、あいつら」

「はいはい育ちが悪くて悪かったな」

「そうは言ってねぇだろ」

ふてたようなミリィが、バケツ少女の顔や胸に手を当て、服をめくる。

「確かに怪我はしてねーけど、かなり弱ってるっぽいな……つってもここにレスキューを呼ぶとあいつらにも気付かれるだろーし……」

「仕方ねぇ……とりあえず、ママに頼んでみるか」

タクルは世話になっている店に向かうことにした。

④

うらぶれたゴースト街にも、繁華街とでも呼ぶべき人の集まる一角がある。

そこに、何者も拒まないという意味を込めて『パンセックシュアル』と名付けられた、男か女かは関係なく、年寄りも子供も関係なく、悪党も善人も、何者をも受け入れる……昼なおネオンきらびやかなりし、大きなダイナーレストランがあった。

とは言え街にいる人間自体が他に寄る辺のないワケアリの人間や、そんなワケアリの人間を仕事で追ってきたようなならず者ばかりだ。

「あっ、てめえ！　見付けたぞこの野郎！」

「それはこっちのセリフだ、ただじゃ済まさねえからな⁉」

「さてはてめえ、あんときの賞金首⁉」

「ちっ、しつけえ野郎だぜ！」

恨む者と恨まれる者、追う側と追われる側が鉢合わせるのもよくあること。

そんな店を切り盛りしているのが、ママと呼ばれる人物である。

「はいはい、そちらさんもこちらさんもケンカはやめてね。アタシのお店で暴れる悪いコには、怖ーいオシオキが待ってるわよォ！」

ロングな付け睫毛《まつげ》とギラギラ輝く大きなイヤリング、真っ赤なルージュがバッチリ決まった、身長二メートル近い大男。

その名もママ・マッスル。

ビルドアップされた二の腕を剝《む》き出しに、電気仕掛けでヴンヴンと唸《うな》る大きなコケシを握り締めている。凶暴なモータードライヴによって怒髪天突き悪魔の宴のようなヘッドバンギングを繰り返すコケシの、全てを悟ったような穏やかな微笑《ほほえ》みに男たちは蒼褪《あおざ》めた。

「めっ、滅相もないぜママ……！　ただの挨拶さ、ちょっとした！　なぁ!?」

「お、おおよ、久しぶりに会ったもんだから親睦を深めようって話で……！」

もちろん、ママだけではない。店員である小股の切れ上がったバニー姿の男も、ゴシックパンクの少女も、執事姿の少年も、ロリータコスの女も、接客と配膳を中止し、それぞれの刃物やらハジキやらの得物を手にしている。

ジュークボックスから流れる甘ったるいナンバーはそのままに、気付いた時には店内は戦闘の気配で静まり返った。チンピラだろうと、ゴロツキだろうと、いくらか修羅場をくぐり抜けた人間だからこそわかるものだ。なりこそふざけているが、ママをはじめとしたそこにいる店員の一人一人は今、店員であることをやめ、戦闘員と化しているのだと。

男たちが慌てて席を立つ。

「し、失礼しました……！」

「また来ます……！」

「ハァイ、みんな仲良くね！　またいらっしゃい♪」

飲食代金を投げ捨てるように転がり出ていった男たちへ、ママは陽気にコケシを振って答えた。

「自信作なんだけど、なかなか使う機会がないのよねぇ……明日を破壊する者《トゥモロー・ブレイカー》ちゃん」

頬《ほお》に手を当て悩ましげに吐息するママへ、通りすがりのネコミミ店員が言った。

「そんなの使ったら明日《アス》じゃなくて人間が壊れちゃうよママ」

どう使うかはともかく。

そんな昼下がり、出て行った男どもと入れ替わりに、入ってきたのがタクルとミリィだった。この店、パンセックシュアルこそはタクルが清掃係として雇われているバイト先である。

「あら、二人ともいらっしゃい。どうしたのミリィちゃん、その子？」

ミリィは背負ってきた彼女を、奥まったボックス席のソファに横たえた。

「フタゴ・タマガーの辺りでダイアリーズの奴らに追われてたんだ。だいぶ弱ってるみたいだから、ママのとこで匿《かくま》ってもらえないか頼みに来たんだよ」

それを事情の知らぬホールスタッフたちが、ぴーちくぱーちくと大騒ぎし始める。

「みんなー！　タクルさんが隠し子連れて来たってー！」

「違うよ、内縁の妻だよ！　若いツバメだよ！」

「ええっ、男の子なの⁉　占田さんやっぱりそっち系なんだ⁉」

「事案になるから自分の子供ってことにしてるんだってば！　悪いんだー！」

聞こえてくる噂話《うわさばなし》とも呼べぬ野放図な憶測に、タクルは勢いよく振り返った。

「やっぱりってのはなんだ！　てめぇら好き勝手なことほざきやがって、俺には子供も隠し子もいねぇし人様の子供を囲うような趣味も財力もねぇ！」

タクルが怒鳴ると、噂好きのホールスタッフたちはわざとらしい悲鳴を上げてキャッキャウフフと散っていった。

「「「きゃーっ」」」

バケツを被っていないバケツ少女が再び目を覚ましたのは、そんなとき。

「う……。ここは……？」

「大丈夫か？　一応、ダイアリーズの連中はまいてやったからな。ここは信頼できる人の店だぜ」

ミリィの言葉に、バケツ少女が辺りを見回すと、きゅう、と腹を空かせた音がした。

ママが長いマツゲでウィンク一つ。

「あら、お腹空かせてるのね。待ってて、いま何か持ってきてあげる」

⑤

「ごちそうさまでした……。すごくおいしかった……」

「それは良かったわ」

ミネストローネとガーリックトーストをあっという間に平らげたバケツ少女は、ママに礼を言うと、再びバケツを被ってから名乗った。

「あの……。私の……名前は、セーラって言います……」

「代わりモンばっかのゴースト街でも、君くらい名前と外見が釣り合わねぇやつは初めてだな……」

「茶化《ちゃか》さないのよ、タクルちゃんてば」

タクルはママにたしなめられた。

「あ、ああ。すまねぇ……奴《やつ》らに見つからないためか」

「はい……。被ってないと……なんていうか、不安で」

表からは見えにくい奥まった席だが、用心に越したことはないだろう。

ミリィが尋ねた。

「それでお前、なんで追われてたんだ？　なんか病院からでも抜け出してきたみてーだけどさ」

「その……それが私、ごめんなさい。それは、言えないの……」

どんな理由かはともかく、秘密を抱えた人間が流れ着くのはゴースト街にはよくあることだった。

タクルは質問を変える。

「怪我《けが》はしてねぇのか？　着てるものが血だらけで、銃で撃たれた痕《あと》もある。具合が悪けりゃレスキューが来るところまで連れて行くが……」

「あ、あの……本当に大丈夫なんです……。それにできれば、警察なんかにも通報しないでもらえると……」

どうにも埒《らち》の明かぬ押し問答にも、ママは嫌な顔一つせず頷いた。

「会ったばかりの相手には言えないこともあるわよね」

セーラは慌てて手を振る。

「ごめんなさい、あなたたちのことを信用していないわけじゃなくて……！　巻き込んでしまうかもしれなくて……」

あたふたと言い訳を考えるようなセーラに、タクルは言った。

「巻き込みたくねぇなら、あの土手でダイアリーズに顔を見られた時点で俺とミリィは手遅れだ。俺たちが通っているこの店もな。だからそんなことは気にしなくていい」

ミリィもそれに頷いた。

「そーだぜ、ギャングもマフィアもシンジケートも、ここじゃ似たようなもんだ。あたしと占田さんはここらで、そーいう連中に困ってる人間を助ける仕事をしてるんだぜ。困ってるなら遠慮なく言ってくれよな」

人好きのする笑顔で気さくに語り掛けるミリィに、同年代のセーラは気持ちを楽にしたようだった。

「そ、そうなんだ……。賞金稼ぎ……傭兵《ようへい》、みたいな……あ、自警団？　とか」

「そう、それな！　自警団！　タマガー騎士団って言うんだぜ！」

「へぇ……。そうなんだ。そういうのって、何人くらいで活動してるものなの？」

「あたしと占田さんだけだぜ」

あ……。と何か察したようなセーラが、気を遣ったように頷いた。

「……ごめんなさい」

「なんで謝るんだよ」

ミリィの後に、タクルは言った。

「俺はそんなものに入った覚えはねぇぞ」

「何言ってんだよ、入るも何も占田さんが団長だろ」

「マジかよ。聞いてねぇぞ」

そんな間抜けな掛け合いに、セーラはバケツの中で表情を柔らかくする。

ママが言った。

「いつもはこんなだけど、いざとなれば二人ともとぉっても強いのよ？　なんたって二人とも軍にいたんだから」

「えっ？　そうなんですか……？　占田さんはともかく……」

タクルは無精髭も生えるようないい年した大人だから、過去に軍役に就いていたと言えばそのように見えるだろう。だがミリィの方はセーラと大して変わらぬような年頃の少女だ。

「あたしはガールズアサルトにいた魔女だぜ。ま、そんな大した能力《スキル》のない、ハズレ魔女だけどな」

「魔女……。あの……じゃあ、ヴィトロムなんかとも……？」

「戦ったぜ。あたしが仕留められたのは小物ばっかりだったけどな」

それからミリィはタクルを親指で示す。

「占田さんだって後方勤務の事務屋や無人機オペレーターなんかじゃなくて、アイアンクラッドだったんだぜ」

「やめろ。クビになったような仕事の話だ」

ミリィに釘《くぎ》を刺してから、タクルはセーラに向き直る。

「これからどうするかは決まってるのか？　行く当ては？」

「す……すみません……。とにかく、今はあの人たちに見つかるわけにはいかなくて……ただそれだけで……」

質問されるほどに、セーラは肩身を狭くしていくばかりだ。

だがここまで頑《かたく》なというのであれば、余程の事情があるのも事実なのだろう。

「そうか。なら仕方ねぇ……ママ、何か目途がつくまで、この子をこの店に置いてやってくれねぇか。拾ったのは俺だ、服とか食費とか、そういうのは俺が面倒を見る」

「あらそう？　それは構わないけど……」

セーラが慌てて手を振った。

「そ、そんなっ！　私はそんなつもりじゃなくて、自分のことくらい……！」

「うるせぇバカ、何が自分のことだ。追われてる最中にぶっ倒れたくせに偉そうなこと抜かすんじゃねぇ」

「う……、すみません……」

どんどん小さくなっていくセーラを、ミリィがフォローする。

「だから、気にすんなって。ここらにいる人間はみんな、人には言えねーけど他に行き場もねーような、そんな連中ばっかりなんだ。占田さんは口が悪くて見た目もこんなだけど、ここらじゃ少しは名の知れたヒーローなんだぜ」

「うるせぇ何がヒーローだ……今回はたまたま俺が最初に見つけたから、そういう縁だってだけだ。それじゃママ、この子は頼んだぜ」

タクルはなけなしの金をあるだけテーブルに置いて席を立った。

途端に、暇にかまけてヒソヒソと憶測話を続けていたホールスタッフたちが、普段はやりもせぬ照明の交換や調味料の補充や窓の拭き掃除に精を出し、さも私たち仕事してますよ面《ツラ》して素知らぬ風を装う。

「お前ら、開店中にやることじゃねぇだろ！　ったく……」

これ以上根も葉もない話が耳に入ってくる前に、タクルはさっさと店を後にした。

2　ゴースト街の少女たち

①

八方をヴィトロムに囲まれた中で呻《うめ》く。

あの時だ。あの時の夢だ。

「なぜだ……!?　なぜ俺のアイアンクラッドが動かねぇ！　なぜ動力回路が操作を受け付けねぇんだ!?」

《こちら参謀本部だ。君のアイアンクラッドのコントロールをカットした》

――悪いな隊長、しくじったぜ！　先逝くわ！

爆発。アイアンクラッドに積まれたエネルギー炉のクリティカルオーバーによるそれは、戦術核にも劣らない広範囲を吹き飛ばす。

——くそ、やられた……！　次は俺だな……！　みんな、先に待ってるぜ！

爆発。

「待てお前ら！　俺を置いていくな！」

《第一小隊が機材《アイアンクラッド》を全て投下したせいで、輸送機が予定より早く到着しそうだ。だが人類の存亡がかかったこの重大な局面で、軍を統括する参謀本部の命令に過ちがあったなどと市民に知られるわけにはいかないのだ》

——ああ、いま行くよ！　ハニー、ベイビー！

爆発。

——殺されるってのは癪《しゃく》に障るが、ラクになれるなら悪くねえか……！

爆発。

——もっと寄って来いヴィトロム！　もっと俺を喰《く》え！　まとめて地獄まで道連れだ！

爆発。

「待て！　待ってくれ！　俺も……！　俺も連れて行ってくれ……！」
《君のアイアンクラッドの生命維持装置を一時的にカットした。死体よりも生体に走向するヴィトロムは、生体反応を失った君を無視するだろう。運が良ければ君は仮死状態で生き延びられるはずだ。そう……部下を捨て駒にして己だけ生き延びた、スキャンダルの主人公としてな》

自分の悲鳴で飛び起きた。

「はあっ……！　はぁ……！　はぁ……！」

「大丈夫ですか占田さん？」

「うおわっ⁉」

耳元の少女の声に驚き、タクルはベッドから転げ落ちた。

「っつつ……。なんだ、クラリスか……脅かすなよ……」

ミリィと同年代の、しかし場末のゴースト街には不釣り合いな、スマートな装いの少女だった。

「……ていうかここは……俺の部屋だよな。どうやって入ってきた」

「このビルはうちの物件ですよ、占田さん」

ニッコリと手の内からマスターキーをぶら下げて笑う。

「パンセクのババアから聞きましたよ。おととい、臨時のボーナスが出たそうじゃないですか。愉《たの》しい楽しい返済期限が来週に迫ってきたわけですけど、いかがです？　返済の目途の方は」

「う……」

返済と言われた途端、タクルの視線が泳ぐ。

「あ……ああ。返済な。わかってる、わかってるって。おっともう夕方か、着替えねぇとな……」

洗面所に向かうタクルにクラリスは恋人のような距離でピッタリと横にくっついて、合わすまいとするこちらの顔と目を、歩きながら器用に覗《のぞ》き込んでくる。

「さすがに職場に押し掛けるのもどうかと思いまして、私なりに気を遣ってちょっと様子を窺《うかが》いに寄らせてもらったんですよ。すると部屋の中から苦しげな呻《うめ》き声《ごえ》が聞こえてくるじゃありませんか。タチの悪い犯罪組織に捕まっていたりしたらいけないと思い、お邪魔していました」

「なら誰もいねぇってわかっただろ。帰れ」

そう言ってシャワー室に入ったタクルは、クラリスから借金をしていた。

ゴースト街に着の身着のまま流れ着いた際、当面の生活費を用意するためだった。たかが十五、六の女の子がポンと札束を出して見せるのだ。強面《こわもて》のニイチャンから借りるよりよほどいい。いよいよとなれば踏み倒すにしても簡単だろう。

そう思っていた。

甘かった。

彼女の名前はクラリス・スクランブラー。スクランブラー金融商会と言えばまだ聞こえはいいが、何のことはない。彼女は金融マフィア、スクランブラー一家の娘である。根なし草の流れ者ばかりのこのゴースト街では、マフィアと言っても土地と家柄があるだけで充分立派な名士であり、人数と武装に飽かせた組織力はそのままイコールで法権力である。

ゴースト街を一人で歩き回っているような女は大抵とんでもないということを、タクルは魔女のミリィと、マフィアのクラリスに出会うことで思い知らされた。

シャワーを終えて戻ると、クラリスが勝手知ったようにコーヒーを入れていた。

フィルターなど必要のない、お湯を入れるだけのインスタントだが二人分。その片方をすすってクラリスは言う。

「何も全額耳を揃《そろ》えてなんて言いませんよ。いつもの利息分だけ払ってくれれば、会社の帳簿は私の方でうまいことやりくり付けておきますから」

「俺が全裸で出てきたらどうするつもりだ」

「二人だけの、ヒ・ミ・ツ♪　にします」

タクルは観念して肩を落とすと、着替えながら呟《つぶや》いた。

「……金はねぇ。来週までには……たぶん無理だ」

「あのねぇ占田さん。そろそろ短くない付き合いですし、出し渋るにしても、もう少しこっちの心証も考慮してもらえないもんでしょうかねぇ」

「本当だ！　本当なんだ！」

いくら持ってるかなんて確かめるまでもない。

セーラのために昨日、そのいくらかの全部を店に置いてきたのだから。

「ていうかそっちこそなんだ、利息さえ払えばだと⁉　信用だと⁉　何が出し渋るだ、利息を払ったら日に三食分の金しか残らねぇようなギリギリの利率ふっかけやがって！」

「そういう仕事なんですよ。激辛カレーが自慢の店でカレーが辛いという理由で低評価付ける人見てどう思います？　返せるから借りますっていう相手に貸すのが我々金融業で、返す意思のない人にお金を配る慈善事業とは違うんです」

まだ二十歳にも満たない女の子から滔々《とうとう》とモノの道理を教えられている三十過ぎの自分がふと情けなくなり、タクルは項垂《うなだ》れた。着替え終えて彼女が入れたコーヒーを手にする。

「わかった、わかったよ……悪かった。聞いててツラくなってきた。確かにそうだ、返すっつって借りたのは俺だ……。そこまで辛口な店だとは、借りるときには思ってなかったがな……」

「いえいえ、うちはこの一帯では一番良心的ですよ」

どの金融でも必ず言う常套句《じょうとうく》。

「よそ様の組織じゃ、平気でガラさらってバラしたりしちゃいますからねぇ」

どの組織でも必ず囁《ささや》かれる常套句。

「ここだけの話、私が担当で占田さんは運が良かった方ですよ」

どの担当者からも必ず聞かされる常套句。

ただクラリスが実際他と違うのは、ちょっと笑うだけで天使のように見える結構な美少女だということだ。顔面傷だらけの髭面《ひげづら》の男に同じことを言われても、はいそうですかとサインしたり指紋を取らせる気にはならない。

そんなわけで、彼女の営業実績は組織内でもトップクラスだとか。

「でもまあ、そんなマジギレするほどストレスが溜《た》まってるということは、お金がないのは本当のようですね。わかりました、今月の分は一週間ほど待ちますよ」

「一週間かよ……」

「一か月後に二か月分払えます？」

「……。」

黙ってしまったタクルの顔を、クラリスがまた覗き込んでくる。

「もし割のいい仕事をお探しなら、ぜひ私の方から斡旋《あっせん》させてください。ミリィさんのボランティア活動なんかとは違います。ヒトヤマ十万でも五十万でも、たとえ百万だろうと思うがまま。いかがです？」

街を良くしたいと思っているミリィとの付き合いがある。だから、こうしたマフィアの甘言に乗るとミリィがうるさいというのもあるが……やはりマフィアであるから、おいそれと話に乗れば後が面倒くさそうだった。

「……なんだってそう俺に付きまとう。俺なんてただのバイトだ。ただでさえ返済が滞っているうえに、全額返したところで組織からしたら微々たるもんじゃねぇか」

「それは私が占田さんに惚《ほ》れ込んでいるからですよ。うちのオヤジもですが、私も割と仁義とか任俠《にんきょう》とか好きなタイプの人間でしてね。気に入らなければ強い相手でもぶん殴り、弱い相手には説教する。こんなどうしようもない街でも、自分の信念を曲げようとしない占田さんはまさに俠客《きょうかく》。私の憧れなんです」

「じゃあ少しくらいまけてくれよ」

「そういうだらしないことを言いながらもコツコツ返済を続けてくれるところが、乙女心にまたキュンとくるんです」

うんうんと頷《うなず》くクラリス。

どこまで本気で言っているのかは、乙女ではないタクルにはわからない。

「もちろん元アイアンクラッドというキャリアも買ってますが、それは副次的な要素です。昨日もチャカ持ちのガキに囲まれたのをステゴロで返り討ちにしたそうじゃないですか。その腕っぷしだけでも充分スカウトに値するんですよ。ね？」

「うるせぇ、誰がマフィアの手伝いなんかするか。俺はな、もっと静かな暮らしでいいんだ。パンセクで掃除や皿洗いのバイトして、まかないにハム一枚付けてもらうことに幸せを感じられるような、そんなささやかな暮らしでいいんだ……！」

「だめに決まってるじゃないですか」

昨日ミリィに否定されたことを、クラリスにまで素で否定された。

（俺はどんだけ静かに暮らしちゃいけねぇんだよ……）

元より自信を失くした人生から、さらに自信がなくなったタクルにクラリスは言う。

「そういう綺麗《きれい》事は他人に負い目や借金のない、真っ当な人間にだけ許されるファンタジーなんですよ」

「……」

ごもっとも過ぎてタクルは何も言い返せなかった。

元兵隊、しかも役立たずの兵隊、上層部に逆らっての部下殺し。間違ったことをしたつもりはなかったが、自分が真っ当だなんてことだけは、口が裂けても言えなかった。

「占田さんの場合、負い目はともかく借金がある。それが現実です。しかし逆に考えてみましょう。借金さえ返済すれば占田さんはそうしたささやかな幸福がお似合いの、清らかな真人間に生まれ変われるということです。そのためのお仕事をご紹介します」

クラリスは胸の前で手を組み、ニッコリと天使のように微笑《ほほえ》んだ。

「いつだって必要なのは、一歩踏み出す勇気ですよ。占田さん」

「お前は借金取りより、宗教でお布施でも集める方が向いてるんじゃねぇか」

「よく言われます」

クラリスは臆面なく笑顔も崩さなかった。

「さ、十万と五十万と百万、どの仕事にしますか？」

「……」

財布をポケットに突っ込んだタクルが玄関へ向かおうとした瞬間、クラリスに腕を掴まれた。

「なんで逃げるんですか。諦めの悪い人ですね」

「わかった、わかったから一週間待ってくれ……。とりあえず今日はバイトがあるんだ」

「ああ、そうでしたか。パンセックシュアルですよね？　それじゃあ私もお腹《なか》が空《す》いてきたので、お店までご一緒しましょう。同伴ですよ同伴出勤。良かったですねぇ」

笑顔は可愛《かわい》いのだが。

「ガキが下らねぇこと言ってんじゃねぇ、ったく……」

タクルは隙あらば腕を組もうとするクラリスを振《ふ》り解《ほど》きながら、夕暮れ時をパンセックシュアルに向かわねばならなかった。

②

店の近くでクラリスと別れたタクルは、いつものように裏の勝手口から店に入った。

「お疲れ様っす。占田さん、今日は早いっすね」

バックヤード、ゴムの胴長とゴムエプロンでゴム手袋した下処理係のジャクリーヌが、肉や魚を捌《さば》いているのはいつも通り。

「ああ、お疲れ様……。ちょっと早く起こされたのと……その、少し気になってな」

「ははぁ、さてはセーラちゃんのことすか？」

察したジャクリーヌの声に続き、フロアの方から盛大に何かをひっくり返して割れる音が聞こえた。

「すみません！　すみません！」

「またなのセーラちゃん!?　うちのお皿が全部なくなっちゃうワ！」

ひた謝りに謝るセーラの声と、悲鳴のようなママの声。

「ごめんなさいねお客さん、このコ、今日が初めてなの。大目に見てあげてね。ほら、セーラちゃん、謝るの！　心を込めて！」

「すみません！　すみません！」

「それじゃ同じオーダー、追加で！　笑顔よッ！　笑顔なのッ！　わかる⁉　セーラちゃん！」

「は、はいっ、行ってきます……！　あっえっとオーダーはなんでしたっけ……⁉　伝票……きゃあっ！」

誰かにぶつかりまた何かが盛大にひっくり返って粉々に割れるような音がする。

「すみません！　すみません！」

「笑顔よぉおおおおおおおおッ——‼」

タクルはおおよその状況を悟り、呆《あき》れ半分に呟いた。

「ママが珍しくヒートアップしてると思ったら……働かせてるのか？　今日が初めての子を、こんな混んでくる時間帯に……」

ジャクリーヌが半笑いになった。

「すごいっすよあの子。私がフロアに出てたとき割った皿の記録を、半日で塗り替えましたからね」

「マジか。まあ、店主はママだ。俺が口を出せることじゃねぇが……。いいのか、それで……」

　セーラが自分でやると言ったから、ママがやらせているのだろう。

　ママはそういう人だ。

　キッチンリーダーのカイコが厨房《ちゅうぼう》から顔を覗かせた。

「ジャクリーヌ、ポークのヒレとビーフのロース五キロずつ、チキンも二つか三つ、ちょっと多めに追加でお願い」

「アイアイ。ポークヒレ五キロ、ビーフロース五キロ、チキン追加で二羽か三羽くらい入りまーす」

　ジャクリーヌがバスタブのような冷蔵庫の窓をスライドし、姿のチキンを取り出す。次に豚の背中の部分の塊を取り出す。

　タクルの姿を見付けたカイコが笑った。

「占田さんの連れて来たあの子、すごいね。ヤバいわ。この世にジャクリーヌよりぶきっちょさんがいるなんて、考えてもみなかった」

「えへへ……その節はどうもご迷惑をおかけしました……」

過去の話にはにかみながら、ジャクリーヌが姿のチキンを解体していく。

「……なんか、大変なことになってるみたいで、悪いな……。話した感じは、真面目でしっかりしてそうに見えたんだが」

カイコが頷く。

「そうそう、ふざけてるわけじゃないからね。真面目で一生懸命ないい子よ。うちのママ、そういう子大好きだからね。教育にも熱が入っちゃうんでしょ」

また陶器の割れる音と、セーラの謝る声と、ママの叱咤《しった》が聞こえてくる。

それを聞いたカイコが肩をすくめ、両手の平を上に向けた。

「占田さん、夜はもう食べた？　まかないでも作ろうか？」

「そうだな。でも、忙しいんじゃないのか？」

「お客さんの入りはいつも通りなんだ。みんな、セーラのフォローで手いっぱいになってるだけで」

「そこまでか……」

閉口するタクルに、ジャクリーヌがロースの塊を切り分けながら言った。

「今日のお掃除は大変だと思うんで、先に食べといた方がいいすよ占田さん。さっきミリィちゃんも来てたみたいなんで、相席できるんじゃないすか？」

「そうか。じゃあ、まかないじゃなくて、客として注文させてくれ」

カイコが微笑む。

「なるほどね。そうね、だったらセーラの練習にもなるね」

「見た目に寄らず気遣い男子なんすよねぇ、占田さんてば」

「うるせぇ、そんなんじゃねぇ」

タクルは女二人へ言って勝手口から出ると、改めて正面側から店に入った。

「いらっしゃいまっ」

　ドガシャァッ――!!

　セットメニューのトレイごとタクルの顔面に飛んできて、タクルは避ける間も、何事かと思う間もなくサラダとパスタとコーンスープまみれになった。

（……マジか……。）

「すみません！　すみません！」

「セーラちゃん！　お料理運ぶときは入ってきたお客さんのことはいいの！　お料理運ぶだけでいいの！　謝って！　謝るのよ！　心を込めてっ！」

「すみません！　すみません！」

「あ、いや……俺はその、なんだ。いいんだ」

九十度に腰を折っていたセーラが、声で気付いたように顔を上げた。

「あ……占田さん……」

当然だが、昨日の血塗《ちまみ》れパジャマではなかった。店員の誰かの私物だろう、不思議の国のアリスのようなコスプレじみたエプロンドレス姿で、セーラが顔を上げた。

その隣に現れたママは鬼軍曹のごとく腕組みして鼻息荒く、しかしまんざらでもなさそうだ。

「ムッフゥー！　タクルちゃんてば、まったくとんでもない子を連れて来てくれたじゃないの。こんなに仕込み甲斐《がい》がある子はジャクリーヌちゃん以来よ。さ、セーラちゃんは同じオーダーをキッチンに伝えて！　料理ができるまでの間にここのお片付け！　そしていつでも笑顔よ！」

「はいっ！　きゃああっ⁉」

「笑顔よぉおおおおおおおっ⁉」

タクルは自分などが多少口を挟んだところでどうしようもないことを悟り、勝手知ったる掃除用具入れから自分の七つ道具を取り出すと、自分を最低限キレイにしてから入り口付近に散らかったセットメニューの残骸を片付けた。

　で、そのときボックス席に気付いた。

「……マジか」

「マジだぜ」

「マジですよ」

　ミリィとクラリスが向かい合って相席し、その二人ともが頭から濡《ぬ》れている。

　クラリスが吊《つ》り目気味の瞳をいつも以上に吊り上げて笑っていた。

「私が何かしたのかと思いましたよ。それでケンカ売られたのかと。なんでお冷やがあの速度で飛んでくるんですか。それで、なんでお絞りの方は、ポロッ……て床に落ちるんですか。逆ならわかりますけど、逆じゃないならケンカ売られてると思うでしょう普通」

　対面に座るミリィは頬杖《ほおづえ》突いて嘆息している。

「まあ一生懸命なのはわかるけどな、客の誰しもがママみてーに辛抱強くはねーってことだよ。腹が減ってるときはなおさらな。それでいつまでも客がハケねーもんだから、こんな奴《やつ》と一緒の席にまでさせられちまう」

「私だって好きで人様の食事の邪魔なんかしませんよ」

　嫌味《いやみ》を言い合う少女たちには申し訳なく思いつつ、タクルは言った。

「それで悪いが、俺もここに相席するように言われてな」

「空いてるぜ」

「どうぞどうぞ」

ボックス席に対面している二人ともが奥にずれて、自分がかけている方のソファを示す。

「今さら照れるようなトシでもねーだろ」

「そうですよ、遠慮なんかいりませんてば」

なんだかめんどくさくなりそうなので、タクルは言った。

「……ここの席は微妙に狭いんだ。俺と誰かがかけるより、スリムな女の子二人の方がピッタリ座れるだろ」

「おいおい、後から来たくせに文句言うなよな」

「そうですよ、自分だけ一人で広く座るつもりですか？」

なんかもっとめんどくさくなった。

「じゃあいい、バックヤードで食う」

「ごっごちゅうもんはおきまりでしょーかっ!?」

忙しすぎたか失敗しすぎたかで頭の中をパンクさせたセーラが、笑顔で目をぐるぐるさせながら注文を取りに来た。

「私たちはもう頼んであるので、占田さんどうぞ」

「ああ、そうだな……バーガーセット、ドリンクはコーラで頼む」

「バーガーセットのコーラでご注文ですね！　少々お待ちくださいっ！」

声だけひっくり返りそうなほど妙に元気に、セーラがカウンターの向こうへ戻っていく。

上官から笑えと命じられた初日の新兵を見ているようだ。

「意地悪言って悪かったよ占田さん、ほら」

ミリィがクラリスのいる方のソファに移った。タクルはミリィがいた方のソファに腰掛ける。

「で、占田さん」

「悪いな」

クラリスがテーブルに肘を突いて声を低くした。

「ミリィさんから聞きましたよ。あのセーラって女の子、かなりのワケアリだそうですね」

「ああ。どういうワケかは全くわからねぇがな。ダイアリーズが相当ご執心なのは間違いねぇ」

クラリスは突いた肘を前へ進めて、身を乗り出す。

「そのダイアリーズの動きが昨日から妙なんですよ。まるで血眼です」

クラリスが言っているのは、マフィアとしての情報網にかかった情報だ。

この辺りの犯罪組織というのは大雑把《おおざっぱ》に言えばアングロサクソン・ダイアリーズの系列に連なる大手の下部組織と、クラリスの属するスクランブラー一家のように独立して活動している、地元のその他組織という構図になる。当然、裏社会の全てを掌握しようという勢いのダイアリーズと、その勢いに呑まれたくないその他大勢は対立関係にある。

「大体が下の組織じゃなく、人間一人に自前の兵隊を使ってるのもおかしな話です。相当やばい何かを持ち出したか、あの子本人が相当やばいか」

クラリスの言に、ミリィは肩をすくめた。

「なんだそりゃ。つったって、昨日のあいつは着の身着のままの手ぶらだったんだぜ」

タクルは頷《うなず》く。

「ああ、追ってきたダイアリーズの兵隊も、何かを返せなんてことは言わなかった。殺してでも連れ戻せとは言ってたがな」

クラリスはぱちくり。

「……占田さん、それを聞いてもあの子を連れて来ちゃったんですか……？」

「仕方ねぇだろ。あそこで足を止めたら、俺たちもあの子も蜂の巣にされて終わりだったんだ」

嘆息したクラリスは、あきれ果てたように目を半分。

「それで自分は借金を返す当てもないくせに、あの子の面倒は見るって言ったんですか？」

「う、うるせぇ！　あの子は丸腰で逃げようとしてたんだ、それなのにあいつらは無抵抗のあの子を撃とうとしたんだ！　いや、恐らくはもう撃たれてたんだ！　それを見殺しにしろっていうのか⁉」

身を乗り出すのをやめたクラリスが、ソファの背もたれに身を預ける。

「しますよ普通は。相手は政府からも黙認される天下の犯罪シンジケート、アングロサクソン・ダイアリーズなんですから」

「バカだなクラリスお前、見殺しにしねーから占田さんはすげーんだろ！」

ばーん、と手の平でタクルを示すミリィ。

「わかったらマフィアの社員なんてダセー仕事に勧誘するのやめろよな」

「会社のことはミリィさんには関係ないでしょう……ってちょっと待ってください。撃たれたって、占田さんが彼女を拾ったのって昨日の話ですよね？　その割に元気に働いてるじゃないですか」

またどこかで何かのひっくり返る音が聞こえたが、怪我人《けがにん》の出せるような音ではない。

「理由はわからねぇが……昨日あの子が着ていたパジャマは血だらけだったんだ。それで生地にも銃で撃たれたような穴が空《あ》いてた……だから見付けた時は撃たれてるのかと思ったんだ」

「そう、それについてはあたしもちょっと確かめたいことがあってさ。占田さんが一緒にいるときの方がいいと思って待ってたんだけど……」

「確かめたいこと？」

と、タクルがミリィに聞き返した時だった。

「はぁいお待たせクラリスちゃん。パンセックシュアル特製、ママのスイートロールよ。ミリィちゃんは蜜だくパンケーキね」

ママがアイシングたっぷりのロールケーキと、ひたひたになるほど蜂蜜のかかったパンケーキを持って来た。クラリスの方にはコーヒー、ミリィの方にはミルクティー。

「遅いババア。あとウィンクは要らないっていつも言ってるでしょう」

クラリスが偉そうにしているのは、彼女がこのパンセックシュアルの最大の出資者であり、事実上のこの店のオーナーであり、実際にこの店で一番偉いからである。

「ごめんなさいね、今まだオーダーが立て込んでて。タクルちゃんのはもうちょっと待っててちょうだい、出来たらすぐセーラちゃんが持ってくるわ」

「いや……できれば俺もママに配膳してもらいたいんだが……」

ママがぐっと二の腕に力を込めてみせた。

「男なら。責任取るのよ、タクルちゃん」

そしてタクルがぐうの音を出す前にママは向こうへ行ってしまった。

「五七五かよ……」

「ひっかぶるときは私の方に飛ばさないでくださいね、占田さん」

もうそれが確定の未来であるかのようにクラリスは言って、スイートロールを一つまみ。

同じようにミリィが言った。

「料理の上とかにかけるのもゴメンだぜ。スイーツ系なら別にいいけど」

「お前らな……あの子だって今日一日、あれだけ必死に頑張ってるんだ。そうと決まったわけじゃ」

「あっ」

というセーラの小さな悲鳴がカウンターの方から聞こえた。

低伸弾道のハンバーガーがタクルの顔面に直撃し、肉汁たっぷりアツアツのパティが顔面に張り付くと、追って揚げたてのポテトが頭からばら撒《ま》かれ、最後に火傷《やけど》しそうな顔を冷やすかのようによく冷えたコーラがクラッシュアイスと共に降り注いだ。

おかげで奇跡的に火傷はしなかったタクルは、しかし熱さに悲鳴を上げていいのか冷たさに飛び上がっていいのかわからず、しばし無言で固まってしまった。

「だ……大丈夫かよ、占田さん……？」

「フルコンボじゃないですか……あ、良ければハンカチ使ってください」

タクル以上に間近で見ていた二人こそが、そのあまりに鮮やかな一連の惨劇に一番驚いていた。

「んもうセーラちゃん！　謝って！　謝るのよ！」

「すみませーん！　すみません占田さん、一度ならず二度までもーっ……！」

「そして笑顔よぉおおおおおッ……!!」

③

「……ふしゅ～……」

セーラが燃え尽きたロウソクなら、頭のてっぺんから立ち昇っているのは煙ではなく霧散していく魂か何かだろう。

　営業時間を終えて深夜、ジュークボックスからブルースが流れる静かな店内で、セーラはテーブルに突っ伏している。

「大丈夫か……？」

　店内をモップがけしながら回ってきたタクルが声をかけると、は、とセーラが意識を取り戻した。

「せ、占田さん……。ごめんなさい、私……私、自分がこんなに何もできない人間だと思わなくて……、……私……」

「いや……向き不向きは誰にでもあるだろ。君の場合は、料理運びが特別向いてなかったっていうだけじゃねぇかな……」

「で、でも私……お店に恩返しするはずが、とんでもない被害を……」

　セーラが青い顔でわなないていると、表にＣＬＯＳＥの看板を掛けたママが戻ってきた。

「だから最初に言ったでしょ？　働きたいなら私やお店のためじゃなくて、お客さんたちのために働いてちょうだいって。そうじゃないとね、接客業っていうのはとっても大変でつらいだけの仕事になっちゃうわ。今日のことで、それがよぉくわかったはずよ」

セーラが頭を下げて俯《うつむ》く。

「っ……。す……すみません私……、……結局、自分のことしか考えてなくて……」

「ええそうよ」

ママは大きく頷いた。だが笑顔だった。

「でもね、あなたくらいの歳の子はそれで当然なの。誰かのために恩返ししようなんて、背伸びすることの方がおかしいのよ。そういうのはね、あなたが大人になって、他のことが見えるようになってから。他の誰かのためにしてあげればいいことなんだから」

「はい……すみません……」

「オホホ！　今日何度目のすみませんかしらね。わかってくれたのならいいわ。ご飯食べたら早く休んで。また明日、今度はお客さんのために頑張ってみてちょうだい」

隅っこの席でクラリスとカードゲームをしていたミリィが、素っ頓狂な声を上げた。

「はぁ!?　おいおい、明日もそいつ働かせるのかよ……!?」

「当り前じゃない。一度この子がやるって言ったんですもの、三日坊主なんて許さないわ。壊したお皿の分くらいはみっちり働いてもらうんだから」

ママの冗談めかした声を聞き、クラリスが振り返る。

「それはそれは、経営者としての自覚は残っているようで何よりです。体のいい説教だけして放り出すような慈善活動家だったら、融資を引き揚げるところでしたよ」

「それされちゃうとうちのお店潰れちゃうから、許して。……ところで二人とも、今日はずいぶん遅くまで残ってるのね。もうキッチンの火も落としちゃったけど」

　クラリスは扇にしていたカードの束をテーブルに捨てた。

「いいんですよ。そのセーラさんに用事があるんです」

「え……、私に……？」

　瞬《まばた》きするセーラに、タクルはモップをかけながら事情を説明する。

「君が何者なのか、って話だ。そこのクラリスはママと同じで、この辺りの顔役みたいなもんだ。少し話を聞きたいらしい」

「ご紹介にあずかりましてどうも、占田さん。そういうわけで初めましてセーラさん。私はクラリス・スクランブラーという金融外交員です。要はダイアリーズの敵対企業の一員なんですがね。あなたの身の上を聞かせてもらえませんかねぇ」

「それは……ごめんなさい、悪いけど」

「あなたの事情は関係ないんです」

　クラリスは先刻承知のように、セーラの言葉をぶった切った。

「あなたがどう思ったところであなたが今ここにいる、もしくは今すぐこの街を出て行ったところで、あなたがいたってことがダイアリーズに知られればこの街で戦争が起きる可能性が極めて高い。まずはその責任を自覚してください」

「なっ……!?」

喋《しゃべ》ることが仕事であるクラリスは、驚くセーラに質問の暇も与えない。

いま把握できていることと、そこから起こりうる状況を耳馴染《みみなじ》みのよい声、融資の説明をするときのような聞き取りやすい口調で畳みかける。

「うちにだって装甲車の一つや二つありますがね、丸腰の女の子相手に鉛弾をばら撒いてきたってのは穏やかじゃない。殺してでも捕まえなくちゃいけないほど、あなたはどこかに行かれては困る、言い換えれば……あいつら以外の誰かに知られてはいけない存在らしい」

「っ……、それはっ……」

「となれば情報を外部に漏らさないための、一番簡単で確実な方法は口封じ。要は知っている人間を消すことです。ダイアリーズには軍事力と呼ばれるほどのファイアパワーがありますからね。ゴミとクズしか住んでいないこのゴースト街なら、住人一人一人に口止め料を配るより、全部焼き払った方が早いって考えますよ」

クラリスの気配と話の雲行きの怪しさに、ママがはらはらし始めた。

「ちょっとクラリスちゃん、いきなりそんな脅かすような言い方しなくてもいいじゃないの……」

「ババアはすっ込んでてくださいビジネスの話なんで。うちは一応、この辺りを縄張りにしてるんで荒らされるのは困るんですよ。こいつが何者かわからないことには、このままここに置いといていいものかもわからないでしょう」

その言い分が癪《しゃく》に障ったミリィ。

「待てよお前、他人事みてーに言いやがって。置いとけねーってことはねーだろ」

「騒ぎが表面化していない今なら、ダイアリーズに突き返した方が穏便に済ませられるかもしれません。隠すなら隠す、逃がすなら逃がす、返すなら返す、こういうのは初動が肝心なんですよ。でもそのどうすべきかの判断材料が少なすぎるって言ってるんです」

「何が交渉だよ。何が初動だよ。今のコイツにはここしかいる場所がねーんだぜ。こっちばっかりそんな頭ごなしの理屈並べたってしょーがねーだろ」

クラリスが鼻で溜息《ためいき》をついた。

「……だとしても、置かれている状況や残されている選択肢くらいは本人も飲み込んでおくべきですよ」

「わ……私のせいで、この街の人たちが犠牲に……？」

慄《おのの》くセーラに、ママは安心させるように告げた。

「ま、まあまあ、ほら、クラリスちゃんは立場上、いつでも最悪の状況を考えなくちゃいけないっていうだけで……！　セーラちゃんがここにいたいなら、アタシやお店のことは心配しなくていいのよ。この辺りはクラリスちゃんたちの縄張りだから、ダイアリーズなんか滅多《めった》に来ないし。セーラちゃんも外に出るときはバケツを被って顔を隠すようにしてるんですもの、そうそう見つかったりしないわよ……！」

クラリスが、ママを振り返る。

「ババアはそういうリスクマネジメントができないからローンの返済がギリギリなんでしょうが。大体バケツって何ですか。そんなのかえって目立つでしょうに」

「あ、バケツで思い出した」

ミリィがポンと手を打った。

「おい、セーラちゃん」

「えっ……な、なに……？　ええと、ミリィちゃん？」

急に名前を呼ばれたセーラは目をぱちくりしていたが、ミリィの方は何やらの確信を持った様子でセーラに歩み寄った。

「で、ちょっと確認したいことがあるんだけどさ。一緒に外行こうぜ」

「え？　うん、別にいいけど……」

ミリィがセーラを連れて表に出ていった。

……と思ったらセーラだけがすぐに急ぎ足で戻ってきて、一度裏の方に引っ込み、件のバケツを被るなり、またミリィの待っている外に出て行った。

それを見たママが頰《ほお》に手を当てる。

「ほら、セーラちゃんてばあれだけ気を付けてるのよ？　見つかりっこないわよ」

「ああ……だといいんだがな」

タクルが食器の破片を逃すまいとガムテープを輪にして、テーブルの下に潜り込んで隅々までペタペタしていると、クラリスが身を屈《かが》めてそれを覗《のぞ》き込む。

「……何やってるんです、占田さん？　私のスカート長いですから、そんなことしても覗けなくないですか？」

「しねぇよ!?　今日はかなりの数の食器が割れたからな……、目地の隙間なんかにガラスなんかが入り込んでると危ねぇだろ」

「占田さん、こんなところにいないでお嫁にでも行ったらいいんじゃないですか？」

「俺は男だから嫁にはなれねぇんだよ」

「知ってますよ。冗談ですよ」

そんなことを言っていると、ミリィがセーラを連れて戻ってきた。

「セーラの正体が大体わかったぜ。魔女だ」

④

「な……なんでそう言い切れるの……!?」

言われたセーラが、被ったバケツの中で一番驚いていた。

「魔女じゃなくてもサイキックにもヒーリングっていう能力があるらしいし、アップデーターにもリジェネレートっていう能力があるって……!」

「落ち着けって。言っただろ、あたしも魔女だって」

「……あ……」

きょとんとするセーラに、ミリィは続ける。

「あたしは大した能力のないハズレ魔女だけどな。それでも他の魔女と一緒にいたから魔女の生態くらいはわかる。同じ魔女からちゃん付けで呼ばれると識別信号が働くから少し安心する。頭に何か被ってないと不安定な気持ちになる。とにかく甘いものに目がない。あとは少しくらいのケガならその日の内には治ってしまう……違うか、セーラちゃん」

と、ミリィからちゃん付けで呼ばれたセーラが、自分の中の感覚に気付いたように声を上げる。

「……うん。ミリィちゃん」

「うん。間違いない」

同じくちゃん付けで呼び返されたミリィが、その識別を感じたらしく頷いた。

「あたしも最初は顔を隠すためにバケツを被ってるんだと思ったんだけどな。魔女は外に出るときは、頭に何か被っていないと落ち着かないんだ」

あ、とセーラが頭のバケツに手をやった。

「そ……そうなんだ……。この街は知らない場所だし、その……廃墟《はいきょ》みたいなビルばっかりだから、不安になるんだと思って……」

「そういう気持ちが、増幅して感じられるってことさ」

クラリスがミリィの頭を指差す。

「ミリィさんが四六時中その帽子被ってるのもそうなんですか？」

「まあな。別に屋内ならそんなでもないけどな」

と、ミリィは帽子を脱いでみせる。

「髪留めとかリボン着けるだけで平気な奴《やつ》もいるし、その辺の個人差はあるぜ」

魔女の特徴を聞いたタクルは、昨日のことを思い出した。

「ってことは……セーラはやっぱり撃たれてたのか？」

「あの、……はい」

セーラは頷いて、思い返しながら首を傾《かし》げる。

「私もそう思ったんだけど、でもそのときは夢中で逃げ回ってて……気が付いた時には、どこも痛くなくなってて。でも血の痕《あと》は残ってて……だから自分でもよくわからなくて」

ママが言った。

「それはそうよォ……銃で撃たれるなんて経験、滅多にあるもんじゃないわ」

タクルは思い至る。

「その言い方だと、自分が魔女だってことには気付いていなかったみたいだが……確か魔女への転換手術が行われていたのは、戦時中までのはずだろう。少なくとも戦争が終わってからは倫理上の観点から、新しく魔女が生み出されることはなくなったはずだ」

人類は、酒も飲めないような年齢の子供たちだけで部隊を編制し、最前線で戦わせ続けた。滅亡の窮地に追い込まれたからこそ形振《なりふ》り構《かま》わずまかり通ることになった、非人道的な特例措置。人類は皮肉にも、その存続のために人の道を外れたのだ。

「それが政府の終戦宣言からもう二年以上経《た》ってのに……」

タクルの言葉半ばに、ミリィは相槌《あいづち》した。

「だから、実際そうなんだろ。戦争中に魔女になってたなら、いつのシリーズでどこの部隊に配属されようと、必ず他の魔女仲間がいたはずだからな。あたしがさっき言ったような魔女の生態なんか、いちいち教えられなくても他の仲間を見てたら自然とわかるはずなんだ」

クラリスが言った。

「なるほど。もしセーラさんが政府を無視して戦後に新しく生み出された魔女だというなら、ダイアリーズが形振り構わず追いかけていたことにも合点が行きます。魔女への転換技術は地球側を勝利に導いた軍事機密《トップシークレット》、少なくとも連中が動くだけの価値はある。そりゃヤバイ話に決まってますよ。これ以上は憶測にしかなりませんが……」

「ごめんなさい……もういいわ」

セーラは観念して呟《つぶや》いた。

「その通りよ。ううん、自分が魔女になってるなんて思わなかったけど……私の名前はセーラ・フロイス。ガールズアサルト計画《プロジェクト》の開発責任者《プロジェクトリーダー》、ライハルト・フロイスの娘。お父さんからは、私の身体に施したのは大勢の人の役に立つ、新型サイキックに関する実証実験のための手術だって聞かされたわ」

「マジかよ、超ＶＩＰじゃねーか……！　けど、そんな立派な博士がどうして……？」

　ミリィは目を丸くした。さかのぼれば魔女とは全てその博士に行き着くものだからだ。

　誤解を避けるよう、セーラは首を横に振る。

「実験自体は政府から承認を得て行われたものなのよ。けど、ダイアリーズと通じている軍の特務機関の人が、それをクーデターに利用できることに気付いたらしいの。詳しく聞く前に、私はラボから逃がされて……お父さんは、一週間あれば参謀本部がそういう証拠を押さえて査察に入るから、とにかくそれまで逃げ延びろって……」

「なるほどな」

　タクルは得心した。

「着の身着のままな上に腹ペコだったのは、それだけ切羽詰まってたからか……」

　セーラがちょっと慌てたように首を振った。

「いやその……私は別に、そんな食いしん坊とかいうわけじゃ……」

「そうでもねーよ、魔女は基本的にカロリーを大量消費するからな。能力を使ったり、ケガなんかした時は特にな。だから好き嫌いじゃなくて、生態として甘いものが大好きなんだぜ」

「そ、そうなんだ……。生態じゃ仕方ないよね……」

思い出したミリィが笑う。

「ああ、どれだけ最前線でも、魔女が集まると砂糖とミルクの匂いがするって言われたもんだ。ヒマさえあればお茶会していたからな。それでそのお茶会も大抵はコーヒー、紅茶、緑茶で派閥が分かれたりしてな。紅茶はアールグレイとダージリンでさらに分かれるんだ」

暢気《のんき》な戦場だな、とタクルは思った。

実際は戦場が暢気だなんてことはあるはずないから、口に出しては言わなかったが……それが過酷な最前線での、若くして駆り出された魔女たちの唯一の楽しみだったのだ。

ミリィは言った。

「そういうわけだからさ、ママ。セーラを働かせるなら頭にバケツ被らせて、スイーツとかのデザート系を運ばせないようにするだけでもだいぶ違うと思うぜ」

ミリィの話を聞いたママは頬に手を当てていた。

「お店に出るのにバケツはあんまりじゃない？　でもそうねぇ、そういうことならセーラちゃんに似合いそうなもの、何か見繕ってみようかしらネ」

ようやく事情がわかったことで、クラリスもいくらか納得した様子。

「そうですね。一週間という目途があるならいいのでは。うまくすれば軍の弱みを握ったり、政府に恩を売ったりできるかもしれませんし」

「決まりだな！　ってことでセーラとあたしは、今日から友達な！」

「えっ？　う、うん？」

　突然のことに面食らうセーラの手を、ミリィは遠慮なく捕まえた。

「魔女は魔女同士ってだけで友達なんだぜ！　だから握手な！」

「あ……うん！　わかったわ、ミリィちゃん！」

「ああ、そこは別にミリィでいいって。あ、ついでだけどクラリスとも仲良くしてやってくれよな」

「うん。よろしくね、クラリス」

「ついでって何ですか。……というか、なんで私がミリィさんにそんな心配されなきゃいけないんですか」

「だってお前友達いねーだろ」

　ゴースト街にこの年頃の少女はさすがに少ない。クラリスは家が家、仕事が仕事なので、ことさらそういった関係は少ない。

「いや……いないはいないですけど、だからって可哀《かわい》そうなヤツ扱いするのやめてもらえますか」

「うん。クラリスは学校だったら、自然と一番上のグループになると思う」

「じゃあ今日からあたしら三人でタマガーの……タマガー三人娘……タマガー三天王……よし、タマガールズだ！」

「「ダサい！」」

ミリィの提案は秒と待たずに他二人によって却下された。

そうして数日の間、セーラを匿《かくま》うことになった。

3　買い出し

①

タクルはスタッフとして掃除もするが、多めの買い出しや仕入れの用事があれば男手ということでも重宝がられていた。男自体は他にもいるのだが、女の子のように華奢《きやしや》だったり、女の子の格好をしていたりするもので、力仕事になると掃除以外に決まった仕事のないタクルの出番が多かった。

ちなみに用心棒の仕事はない。ママが力瘤《ちからこぶ》を見せれば大抵は逃げ出す。それでも逃げ出さないようなモグリは店員たちに銃で脅され、動けなくなったところをママの愛と情熱の籠ったベアハッグでアバラをバキバキに砕かれてつまみ出され、このゴースト街の掟《おきて》を知ることになるからだ。

タクルはキッチンリーダーのカイコからメモを渡された。

「じゃあこれ、買い出しメモ。ママから事情は聞いてるけど、あたしらじゃセーラになんかあった時に対処できないし、食器類多いから占田さんお願いね」

「おいおい、ほんとに事情聞いたのかよ。なのにこの子を使いに出すのか？」

「そうだよ？　セーラはこの辺りの道、占田さんからよく教えてもらってね」

「は、はい……！　頑張ります……！」

セーラは不思議の国のアリスのような恰好《かっこう》のままバケツを被って準備万端。

なのだが、タクルはカイコに抗議した。

「話を聞け、なんかあったらじゃねぇ。こういうときは、そのなんかが起きねぇようにじっとするのが」

「占田さんが連れて来た子が、あたしのテリトリーのお皿全部割っちゃったの」

「うぐっ……」

いつもぎっしりと皿が詰まっているはずの食器棚は、随分とガランドウが目立っていた。

「セーラは責任を取ってその分働くって言ってるのに、大人の占田さんがそういう子供のやる気を削《そ》いじゃダメでしょ。大の男が面倒見るって言ったんだから、保護者としてちゃんと付き添ってあげないと」

「わかった、わぁかったよ……。ママみてぇな言い方しやがって、ったく……」

タクルが諦めてセーラを見ると、逆さまのバケツがぺこりとお辞儀した。

「よろしくお願いします」

「……確かに中身はわからねぇんだが、逆に目立つだろ……」

見たまま率直に口にしたタクルを、カイコが笑った。

「大丈夫大丈夫、うちのホールスタッフはみんな派手でなんぼだから。占田さんと一緒ならパンセクの新人だって、みんなわかってくれるわよ。じゃ、お皿と食材、お願いね」

（……ハデなのとヘンなのは違うと思うんだがな……）

②

難民の中でも金銭や人生といったものに行き詰った、およそ社会的には底辺の人種が流れ着くような吹《ふ》き溜《だ》まりがゴースト街である。その西の境界線がセーラを拾ったタマガーなら、反対側の東の境界線には大きな市場がある。

この市場に限れば物は豊かで、金さえ払えば日用雑貨からケミカルドラッグ、果ては武器弾薬まで、こと違法な物品に関しては手に入らないものはないと言われている。

何せお上の手入れがあったとしても、売り手も買い手もゴースト街側へ逃げ込めばいいのだ。土地勘があるかそうした者の手引きがあれば、かなりの確率で逃げ切れる。だからこの境界線の辺りがそういった業者のメインマーケットになっていた。金が動けば人も動く。人が動くから物も動く。そんな賑《にぎ》やかな雑踏の中、タクルとセーラはすでに買い込んだ食器類を背中に担ぎ、両手にはついでの食材を抱えて歩いていた。

「すごい……本当に何でも売ってる……」

バケツの中から呆《ほう》けたような驚きの声が聞こえてきた。

美術品、ゲーム機、本、服、食べ物、酒、医薬品、美容品、育児用品、電子機器。それを露天に置いておいても大丈夫なのかというものまで、節操なく並んでいる。

「金で買える大抵のものは、金さえ用意できればここで手に入るって話だからな」

「ああいう、マシンガンとかも本物なの？」

「火薬カートリッジ式のものなら、たぶんな。レーザーガンなんかはさすがにこんな明るいうちから出回らねぇと思うが」

「あ、ウサギ……！　ウサギ、可愛《かわい》い……！」

「食用ラビットだな」

「あぅっ……!?」

そのケージのウサギたちが遠くないうちに天に召されることを知ったセーラが、バケツの中でどんな表情をしたかは想像に難くない。

「繁殖のサイクルが早くて肉づきがいいから、戦争中はよく出回ってたんだ……最近は牛や豚がまた出回るようになってきたおかげで、少なくなってきたがな」

「そ、そうなんだ……大変……だったのね……」

食用ウサギなど常識的な話だと思っていたタクルは、瞬《まばた》きした。

「……セーラは、やっぱお嬢様なのか？」

ダイアリーズの兵士も育ちがいいからすぐわかる、と言っていた。

保安上の観点からライハルト・フロイス博士の名前がニュースなどで公にされることはなかったが、軍の内部でそれだけの地位にあるのだ。貧しかったということはないだろう。

「そんな、人に自慢できるような感じじゃないけど……でも、ゴースト街やこの市場を見てると、充分過ぎるくらい裕福だったんだなって思う。恵まれてたんだって……」

「そうか……バケツなんか被ってるからつい勘違いしてしまいそうになるが」

「すみませんこのバケツは後天的な装備なので」

　ゴースト街にはあらゆる人間がいる。普通なのからヘンなのまで、ありとあらゆるだ。バケツを逆さに被《かぶ》っているくらい、普通じゃないけどまあそういう人もいるよね、なんか理由があるんだろうな、くらいにしか見られない。いちいち指を差したり話しかけてくる者はいない。

「元はどこに住んでたんだ？」

　タクルが尋ねると、あそこ、とセーラが東の空を指差した。

　雲より高く聳《そび》え立《た》つ、極東最大級の三千メートル級アルコロジー。スーパートーキョー。

「あそこの十七階層くらい」

「ま……マジか。とんでもねぇお嬢様じゃねぇか……」

　スーパートーキョーにはローエンドからスーパーハイエンドまで二十階層にも及ぶ居住層がある。一階層が一つの街となっていて、当然上層階に行くほど街の天井は高く、住居は広く、家賃は高額に、入居のための条件も厳しくなっていく。それが十七階ともなればハイエンドクラス、ただ金さえ積めば住めるというような場所ではない。

「……私、戦争があったっていうことはニュースで知ってたけど」

　セーラは歩きながら、ぽつぽつと語り始めた。

「その……実際にそういうのを肌で感じたのは、この街に来てからが初めてだったんだと思う。もちろん、タマガーのすぐそこまでヴィトロムが来たことも、核兵器が使用されたことも知ってる。けど……そのときにはアルコロジーにはシールドバリアが使われていて、隔壁も下りていて、自分の目でそういうのを見ることはなかったから。かなり大きな核兵器を使用したってニュースでやってた日も、アルコロジーは全然揺れなくて。そんなこと……なんて言っちゃいけないけど、そんな外で起きていることよりも、学校のテストの方に頭がいっぱいで。戦争なんて、どこか、もっと遠い世界の出来事みたいに思ってて……」

「そうか。まあ、そんなもんだろ」

住む世界が違う。住む場所が違う。身の回りの生活に変化がなければ、戦争も災害も当事者たり得ない。実感しろという方が無理な話だ。

タクルも開戦後しばらくは各地を転々とさせられたが、他の戦線や戦域のことなど知ったことではなかった。そもそも先の戦争における最初の主戦場はラグランジュポイントと呼ばれる衛星軌道上で、主力兵器は無人の自動兵器だった。ヴィトロムが地表に投下されてから状況が一変したが、それでも基本的には、そのときそのときに与えられた任務を、ただただこなしていただけだ。

だからセーラも学生として与えられた課題をこなしていた。それだけの話だ。

「でも……ミリィは魔女だって。ほんとに私と同じくらいの女の子なのに、ヴィトロムと戦ってたなんて、私……なんだかすごいショックで……。それに他の人たちも、すごく一生懸命生きてるみたいだし……」

　ゴースト街の人間は、小銭やはした金のためにカツカツする。紙面にしたためてどうのこうのなんて悠長なことをやっていない。言った言わないが生死に直結することもある。だから、それはもう命懸けで生きている。そんな生々しい光景が、今まさにそこかしこに飛び交う声が、バケツ越しにも鮮烈なのだろう。

「子供がそんな面倒なこと気にしてんじゃねぇよ。バケツなんか被ってるから余計に見すぼらしく見えるぞ」

「うん……。はい……」

　悄然《しょうぜん》と呟くセーラを連れて、タクルは元来た道をパンセックシュアルへ向けて歩く。バケツ被って俯《うつむ》いた女の子を後ろに引き連れているせいか、周囲の目が良くない感じになってきた。それで良くないのまで寄ってきた。

「よぉあんた、いいクスリあるぜ。知ってるだろ、いま流行《はや》りのＣＳさ」

「クスリ？　ＣＳ？」

　セーラが聞き覚えのない単語に反応する。

「そう、クラッシュスピードさ。一粒飲めばこんなクソみたいな街の嫌なことなんて全部忘れられるぜ」

「相手にすんじゃねぇ」

「ツレないこと言うなよ旦那、随分若そうなカノジョで羨ましいぜ。しかもバケツなんか被《かぶ》せて連れ歩くなんていい趣味だ。俺のクスリはダイアリーズの工場から直送された、混ぜ物なしの本物だぜ？　その分ちょっと値は張るが」


ドゴォ!!


タクルは振り向きざま、ドラッグディーラーの顔面を固めたゲンコツでぶん殴った。

「がはっ……!?　てめぇ……、何しやがる……！　話聞いてたのかよ、俺のバックにはシンジケートがついてんだぜ……！」

「おうそうか！」

タクルはディーラーの顔面を靴裏で蹴飛ばし、頭を踏みつけ、血だらけになった顔面を髪を摑《つか》んで地面から引っぺがした。

「それでてめぇはなんだ!?　シンジケートの幹部か!?　兵隊か!?　違うだろうが！　てめぇはケチなヤクの売人だ！　文句があるなら言ってみろ!!」

「ひぃっ……!?　すんません！　許してください……！　声かける相手間違えたみたいで……！」

「うるせぇクソが！　いいかてめぇ、こんなところで下らねぇ商売してるとスクランブラーの……！」

ドラッグディーラーは鼻血と涙を流していて、タクルは気が付くと後ろから引っ張られていた。

「せっ、占田さん！　よくわかんないけど、その人謝ってるし！　みんな見てるから……！」

タクルが後ろを振り返ると、そうは言っても皆々一斉に顔を逸《そ》らし目を逸らして見て見ぬふりをした。

鈴なりになったりすることはあまりない。好奇心は猫を殺す。揉《も》め事《ごと》に巻き込まれてケガや死に至ることはゴースト街では少なくない。とは言え人の口に戸は立たない。

「……何の騒ぎ？」

「何日か前からあの辺にいただろ、シンジケートがどうこう言ってる売人だよ」

「それがパンセクの用心棒にシメられたってさ。いい気味だ」

「違う違う、あの人実は殺し屋なんだよ。元軍人だって」

「で、あのバケツ被ってるのが昨日から店に出ている新しい用心棒で、投げた皿は料理が載ってても百発百中らしいぜ」

「おっかねえな、あの通りにあるダイナーだろ？　店主はムキムキマッチョだし、どれだけ戦力整ってるんだよ……」

　下らぬ話を聞いている間に、ディーラーはタクルの手を振《ふ》り解《ほど》いてしまった。

「おいてめぇ、待て！　こんなとこでヤクなんか売ってるとスクランブラーの連中にさらわれても知らねぇぞ……！　って注意したかっただけなんだが……」

「いや……いきなり殴られたら普通逃げるんじゃ……？」

　正論を持ち出したセーラに、タクルは正論で返した。

「……口で言ってわかるような奴《やつ》が、ドラッグなんか売ったりするかよ」

「じゃ……あの人が言ってたクラッシュスピードって、やっぱり幻覚剤とかの……？」

「ああ。ドラッグ自体は今に始まったことじゃねぇが、お前も気を付けろよ。あんなものに頼るような弱い人間だと思われた途端、周りから食い物にされちまう。次からは無視しろ」

　軽く俯いたセーラが悟ったように呟く。

「……みんな必死に生きてるんだ……」

「必死なだけだ。立派なわけじゃねぇ」

「せ……占田さんて殺し屋なんですか？」

タクルは肩を落とした。

「だったら掃除のバイトなんてしてねぇよ。お前こそ一日働いただけでどういう噂《うわさ》されてるんだ」

「うう……」

③

セーラは俯いたままだし、なんだか少しぎくしゃくしてしまった。

「あー……、そういえばなんだ……甘いものが好きなんだよな？　せっかくこっちまで来たんだ、あれなんかどうだ？」

タクルはたまたま目に入った、いぶし銀のきんつば焼きの屋台を指差した。

芋入り、栗《くり》入り、塩豆、抹茶とバラエティもなかなかある。ミリィではないが、女の子のご機嫌を取るなら甘いものがいいだろう。

「……可愛《かわい》い洋菓子がいいです」

逆さまのバケツの中から、結構キッパリした声が返ってきた。

この一線は譲れない、的な気迫を感じる。

バケツの穴の向こうから獲物を選別する獣のような眼光を感じる。

（……魔女ってのはみんなこんななのか……？）

タクルはミリィが自分のデザートをつまみ食いした酔っ払いを半殺しにしたり、甘味《かんみ》の屋台で商品を台無しにしたチンピラを追い詰めて半殺しにしたことがあったのを思い出した。

「……しかしだな、こんなとこにそんなシャレたデザートなんて……」

「あ。あれがいい、占田さん。あれ」

袖を引くセーラが指差した先に、クレープの屋台が出ていた。

鉄板の上で、若い店員が器用に丸く薄く生地を伸ばし、たっぷりとクリームを塗りたくり、色とりどりのフルーツをちりばめると、あれよあれよという間に生地を折りたたんでいく。

看板に見えるお値段はきんつば焼きの二倍から三倍ほど。

「へぇ……あんなもんまでこの辺りで売ってんだな……」

甘いものなど興味がないタクルは、普段気付いたこともなかった。

「あっ、あっちでもいい。あれ」

次に袖を引かれ、セーラの指差した方にはメロンパンの屋台が出ている。

（いや……そもそも、俺が流れてきた頃は、この市場自体がもっと殺伐とした場所だったんだ……）

みんなが食べること自体に必死で、誰も彼も自分以外の誰も信用できず、甘いものを食べようという金も、そんなものを楽しもうという精神的な余裕もなかった。未だゴースト街にはそういった住人も多いが、少なくとも人の集まるこの辺りには、ようやく少しずつはそういったことにお金や心を向けられる程度の豊かさ、平和という穏やかな空気が波及してきたのかもしれない。

「わかったよ。じゃあメロンパンな。俺もあんまり金がねぇんだ」

あんまり、とは言ったが、あけすけに言えばほとんどない。

クラリスにこんな場面を見られたら言い訳が利かないかもしれない。

「占田さんがおごってくれるの？」

「ああ」

「こ、このご恩はきっとお返しするので……！」

「うるせぇ、メロンパンぐらいでガキが生意気言ってんじゃねぇ。黙っておごられてればいいんだ」

「おすっ。めっろんっぱんっ。めっろんっぱんっ」

セーラの表情はわからなかったが、子供のように身体を揺すって、浮かれているのはよくわかった。喜んでくれるなら、それだけでおごり甲斐《がい》もあるというものだ。

「だが、なんだ……チョコチップ入りとかクリーム入りとか、メロンパンにも種類なんてあんのか？」

「メロンクリーム入りでお願いします。メロンパンなので」

タクルはメロンパンを買うと、セーラと共にパンセックシュアルへの帰路に就いた。

「やれやれ……多少は機嫌がよくなったか？」

「はい。それはもう」

セーラはバケツの下に潜り込ませたメロンパンをはむはむしている。

何かの小動物を見ているようで、タクルは微笑ましくなった。

「ならいいんだ。ゴースト街やこの辺りにいる奴らは、誰も他人のことなんか気にしちゃいねぇ。さっきのディーラーだってそうだ、金さえ手に入れば売ったクスリのせいで誰がどうなろうと知ったこっちゃねぇ。そんな底辺の連中と自分を比べても、意味なんかねぇ

2023
4
April
スニーカーNAVI

新作

隣の席のヤンキー清水さんが髪を黒く染めてきた

底花　イラスト／ハム

高校生・本堂大輝が友人との恋バ
で「清楚好き」と話した翌日、隣の
のヤンキー清水さんが髪を黒に染
てきた!?　急な変化に驚いた大輝
清水さんに理由を聞くと、「昨日、お
が……」と顔を赤らめて……。

便利屋
斎藤さん、異世界に行く
HANDYMAN SAITOU IN ANOTHER WORLD
初回生産特典
①原作・一智和智描き下ろしアウターケース
②キャラクターデザイン・たなべようこ
描き下ろしデジパック
③特製ブックレット（設定資料集&原画集付き）
④特典小冊子
「便利屋斎藤さん、異世界に行く 外伝1 別の世界から来た男」
毎回特典
①ノンクレジットOP ②ノンクレジットED
③Web予告集
④実写特典映像「勇Tube」
～勇者キャストがYouTuberに挑戦してみた～Vol.1
出演者：松岡禎丞（カインズ役）、芹澤優（ライチ役）、
本多力（モンブイ役）
※本番組はYoutubeにて公開したものと同内容となります
【Blu-ray】品番:ZMXZ-16401 価格:14,300円（税抜:13,000円）
【DVD】品番:ZMBZ-16411 価格:12,100円（税抜:11,000円）
Blu-ray/DVD第1巻 NOW ON SALE
公式サイト https://saitou-anime.com
Twitter @saitou_anime #便利屋斎藤さん
©一智和智・KADOKAWA刊／「便利屋斎藤さん、異世界に行く」製作委員会
陰の実力者になりたくて!
The Eminence in shadow
Blu-ray & DVD Vol.4
4.26 WED ON SALE
初回生産特典
①キャラクター原案・東西描き下ろし三方背ケース
②特製デジパック ③特製ブックレット ④原画集
⑤アプリゲーム「陰の実力者になりたくて!
マスターオブガーデン」特典シリアルコード
アイテム内容:
・SSキャラ確定1連ガチャチケット×1
・叡智の結晶×100 ・まぐろなるどバーガー×10
・大きな魔汁グミ×100 ・ゼニー×50,000
受取期限:2025年12月31日23時59分まで
※詳細は作品公式サイトをご確認下さい
毎回特典
①ちびキャラアニメ「かげじつ!」
第13話～第17話
②ノンクレジットOP Ver.4
③ウェブ予告 第16話～第20話
（ノーマルVer./スペシャルVer.）
※商品仕様等は予告なく変更になる場合があります。
あらかじめご了承ください。
【Blu-ray】品番:ZMXZ-16264 価格:14,300円（税抜:13,000円）
【DVD】品番:ZMBZ-16274 価格:12,100円（税抜:11,000円）
逢沢大介・KADOKAWA刊／シャドウガーデン
公式サイト https://shadow-garden.jp
Twitter @Shadowgarden_PR
KADOKAWA
※仕様・特典は変更がある場合がございます。

2023年5月1日発売の新刊

新作 **見習い聖女の先導者**
秋原タク　イラスト／瑞色来夏

推しに熱愛疑惑出たから会社休んだ2
カネコ撫子　イラスト／天城しの

地下鉄で美少女を守った俺、名乗らず去ったら全国で英雄扱いされました。2
水戸前カルヤ　イラスト／ひげ猫

メンヘラが愛妻エプロンに着替えたら2
花宮拓夜　イラスト／Nardack

マジカル★エクスプローラー エロゲの友人キャラに転生したけど、ゲーム知識使って自由に生きる8
入栖　イラスト／神奈月昇

真の仲間じゃないと勇者のパーティーを追い出されたので、辺境でスローライフすることにしました12
ざっぽん　イラスト／やすも

KADOKAWA　発行:株式会社KADOKAWA
https://www.kadokawa.co.jp/

※ラインナップなどは予告なく変更になる場合があります

親友の妹が官能小説のモデルになってくれるらしい2
あきらあかつき　イラスト／おりょう

冴えない僕が君の部屋でシている事をクラスメイトは誰も知らない3
ヤマモトタケシ　イラスト／アサヒナヒカゲ

『おっぱい揉みたい』って叫んだら、妹の友達と付き合うことになりました。4
凪木エコ　イラスト／白クマシェイク

あたしはカノジョじゃなくて――
友達、なんだからね？
新作
女友達は頼めば意外とヤらせてくれる
鏡遊　イラスト／小森くづゆ
「パンツ見せてくれ!!」「み、見てどうすんの!?」学校一美少女・葉月葵に頼みこむ高校一年生・湊寿也。初めは嫌な顔をした葵だったが「あたしはカノジョじゃないんだからね？」と、釘をさした後スカートを捲り……。

今更謝ってももう遅い――
だって彼はもう私の彼氏です
新作
浮気していた彼女を振った後、学園一の美少女にお持ち帰りされました
マキダノリヤ　イラスト／桜ひより
最愛の彼女の浮気現場を目撃してしまった。失意のまま連れて行かれた合コン会場で不意に唇を奪われて……「あなたがフリーになったら必ず私のものにすると決めていた」と迫ってくるのは学園一の美少女・双葉怜奈!?

戦闘中は命がけ――
触っちゃっても仕方ない!!
新作
敵のおっぱいなら幾らでも揉めることに気づいた件について
とがの丸夫　イラスト／芝石ひらめ
生した先は――
ヴィラン）と戦う
ーローとして戦う
いてしまったの
戦う中ならおっ
ないのでは?」

かつて英雄になり損ねた男は――
いまはスラムの何でも屋!?
新作
メルヘンザッパーデストロイヤー
英雄になり損ねた男、最底辺スラムで掃除する
林トモアキ　イラスト／愛姫みかん
戦争が終わって２年。目つきがギラつく男タクルはスラムの何でも屋として生計を立てていた。ある日、ならず者に襲われていた少女を気まぐれに助けたことで、これ以上の底辺はないと思われたタクルの日常は崩れ去る。

第29回 スニーカー大賞作品募集中！
大賞300万円
＋コミカライズ確約
金賞100万円 銀賞50万円 特別賞10万円
前期締切 2023年9月末日
君の紡ぐ物語で、世界を変えよう。
締切必達!!!
詳しくは ザ・スニWEBへ
https://kdq.jp/s-award
イラスト/左

LINEやってるよ！
お友達登録してくれた方には
LINEスタンプ風画像プレゼント！
新刊情報などを
いち早くお届け！
イラスト/三嶋くろね

月刊ニュータイプ
Newtype
THE MOVING PICTURES MAGAZINE
©カラー ※内容は予告なく変更になる場合があります
5月号
4月10日(月)
発売
表紙&巻頭特集
シン・エヴァンゲリオン劇場版
POWER PUSH シン・仮面ライダー／
機動戦士ガンダム 水星の魔女／
ウマ娘 プリティーダービー／地獄楽／TIGER & BUNN
The Five
前世、童貞。
ヒーローが敵
世界だった。
中で、俺は気
だ。「あれ？敵と
ばい触っても、

だろ」

「……占田さんは？」

「あ？　見りゃわかんだろ。俺だってそこらのフロー者と変わりなんかねぇよ」

「でも、他人の私を助けてくれた」

「バケツ被って血塗《ちまみ》れでぶっ倒れてたら何事かと思うだろ普通」

　バケツが斜めに傾いた。

「そうかな……普通なら怖くて近付けないと思う。レスキューを呼んだり、警察に事情を説明したり、面倒なことになりそうって思うんじゃないかな……。私ならそう思うかも……」

「……そうだな。まあ実際、思った以上に面倒なことになっちまったがな」

「ごめんなさい……」

　謝りながらもバケツの中ではメロンパンを食べているらしいセーラが、タクルにはおかしかった。

「お前が悪いわけじゃねぇだろ」

「でも……この辺りの人たちって流れてきた人ばっかりなのよね？　占田さんはここに来る前は何してた人なの？　その辺の人たちとは少し違う感じがする」

タクルはすくめた肩を落として、嘆息した。

「軍にいたってミリィが言ってただろ。命令違反をしてクビになった」

「じっ、銃殺刑とか……!?」

「よく見ろまだ生きてるだろ」

「あっ。うん。ですね」

「そもそも今の軍に銃殺刑はねぇしな」

「そうなんだ。ひょっとして……その命令違反って戦争中に？」

「ああ」

「……ごめんなさい」

「別にいいんだ。謝って欲しいような話なら、最初から話しちゃいねぇ」

セーラがはむはむとまたメロンパンをついばんでから尋ねてきた。

「どうして軍に入ったの？」

「そこまで聞くか」

「えっと……私も一応、よく進路とか言われる年頃なので。参考までに」

参考なら仕方ないと、タクルは鼻で嘆息してから話し始めた。

「……アイアンクラッドって知ってるか？」

「うん……あの。こう。着るやつだよね？　乗るやつじゃなくて」

アイアンクラッドは搭乗型のロボット兵器ではない。

言わばその機能を着用できるくらいまで小型化した、バトルスーツだ。

「そう。その着るやつだ。俺がガキの頃は、あれが最強無敵の兵器だったんだ。あれを着れば俺もヒーローになれると思ってな。そう、ヒーローになりたくて軍に入ったんだ」

バケツの中から、セーラのきょとんとした気配が伝わってきた。

「……大学出て就職するときになってもヒーローとか言ってたの？」

「言っちゃなんだが俺は高卒で軍に入った」

「あっ。すみません」

「どういう意味だ」

「その……なんとなく」

「ったく……いいか、アイアンクラッドはサイバーコネクトリンクっていう接続因子をインプラントしなくちゃ性能を引き出せねぇ」

いわゆる、広くサイボーグと言われる中の技術だ。

中でも医療福祉用の身体機能代替サイボーグではなく、機能拡張系に含まれるものだ。

アイアンクラッドとそれに含まれる機能を自分の肉体の延長線上として捉え、操作するために必要なものだ。そしてそれがなければ、アイアンクラッドを着込んでもまともに動かすことはできない。

「その適合手術の成功率ってのが二十歳を境に低下していくんだが、在学中に適性検査の結果は出ていたんだ。だから普通で言えば特待生とか推薦とか、まあそんな感じでな。こう見えても何百万人に一人っていう適合率を出したエリートだったんだぜ」

子供相手に何を得意がってるのか。

そんな自嘲も含めてタクルは笑った。あの頃は良かった。楽しかった。

他が進学のための試験勉強に追われる中、軍への特待が決まっていた自分は級友からも教師からも一目置かれていた。退屈なほど平和な世界で、親からもらった適性と才覚を無駄にすることなく、順風満帆の人生を歩んでいくのだと信じて疑わなかった。

「でも……命令違反しちゃったんですか？」

セーラの一言で、一気に現実に引き戻された。

ここは思い出の中の日の差す明るい学《まな》び舎《や》ではない。戦争で崩れ折り重なった、薄暗いビルの影の底。

胸の奥に重い気持ちがわだかまる。

「……そうだな。俺には向いてなかったんだ」

「軍が？　それとも……ヒーローが？」

セーラに問われて、タクルはふと足を止めた。思わず笑った。

「ははっ。……そうだな」

「あの、ごめんなさい……余計なこと聞いて……」

「いいんだ。だが、どっちも向いてなかったんだろうな。でなきゃそんなエリートのヒーロー様がよ、こんなゴミ溜《た》めみたいな街でくすぶってるわけがねぇ」

さっぱりと自嘲するタクルを見てしまったセーラは、どうして軍をクビになったのかまでは聞くことができなかった。

そして、数日が過ぎた。

④

その日も店が終わり、深夜。

「……ふしゅ〜っ……」

今日もテーブルに突っ伏したセーラが、魂の抜けるような音を立てていた。

ママはミリィのアドバイスに従い、セーラの頭にウサミミのカチューシャを着けさせ、デザート類を運ばせぬようにした。おかげで被害は初日の半分ほどに減っていたが、それでもやはり初日の半分ほどの被害は出していた。なのでセーラはその分、遅くなってしまった他のスタッフたちの食事などの片付けを、ようやく終えたところだった。

「さすがに残りの一日二日じゃ、損害をペイできないんじゃないですか？」

遅くまで組織の会合があったというクラリスが、スイートロールを食べている。閉店後だろうが開店前だろうがお構いなしに食事ができるのは、店の出資者であり事実上のオーナーであるクラリスだけに許された特権だ。

「そう言うなよお前、誰だって最初からうまくできれば苦労はしねーだろ」

そのクラリスと一緒のテーブルにいるのはミリィだった。遅くなったクラリスを見かけて、なら夜食くらいは出してもらえるだろうと一緒にくっついてきたミリィは、ドラッグディーラーをしばき倒してきたところだという。

掃除があるので、二人にはまた一つのテーブルに固まってもらい、タクルは今日もガムテープ片手、這《は》うようにして床の隅々までぺたぺたやっていた。

ママはオーナーのご機嫌を伺うように、淹《い》れたてのコーヒーをクラリスに差し出す。

「そうそう、先行投資よ、先行投資。困ったときはお互い様。偉い博士のお嬢様なんでしょ。きっとセーラちゃんも将来偉くなって、世界の役に立つような立派な大人になってくれるわよぉ」

そんな話を聞いていたセーラが、やっとというようにテーブルから上体を引き剥がす。

「うう……。ママに受けた分の恩は必ず返します………」

「そういうことなら楽しみにしておこうかしらネ。オホホ！　ヤだわぁアタシったら、娘を持った母親ってこんな気持ちなのかしら」

「やかましいババアあんた男でしょうが」

クラリスが無表情で容赦なく切り捨てるが、タクルは言った。

「だがなんだかんだ言って、クラリスも面倒見がいいよな。俺やママみたいな、儲《もう》けにもならねぇ相手に金突っ込んでんだからよ」

「なにを他人事みたいに言ってるんですか」

クラリスに怒られた。

「いくら占田さんでもボーダーライン越えたらきっちり追い込みかけますからね。組織の奴隷になったらヒトヤマ百万の仕事もロハでやってもらうんですよ？　わかってます？」

「わかった、わかってるよ……」

「わかってるならミリィさんとのボランティアごっこなんかやめて、うちで働きましょうよ」

それを聞いた当のミリィが、テーブルを叩《たた》いて抗議する。

「ごっこじゃねーよお前占田さんを悪の道に引きずり込もうとするのやめろよな。占田さんは見た感じならず者で言葉遣いが悪いけどな、ヒーロー気質なんだよ。根が優しいからそういうの絶対向いてねーよ」

「見た感じならず者で口が悪かったら充分働けるんですようちの会社は」

同年代のそんなやり取りを見て、セーラが笑っている。

それに気付いたミリィが言った。

「セーラもタフだよな」

「私？」

ミリィに言われたセーラは自分を指差す。

クラリスが言った。

「そうですよ。シンジケートに追われて、見ず知らずのサイケなお店でこんな気味の悪いババアに扱《こ》き使《つか》われてるのに、笑う余裕があるなんて」

「ちょっとクラリスちゃん、そんな人聞きの悪い言い方やめてくれないかしら」

心外そうなママへ、思わずタクルは言った。

「こんな時間まで未成年働かせて何言ってやがる」

「ンまっ、タクルちゃんまで！　そんなに言うならセーラちゃんの割ったお皿の代金、タクルちゃんの給料から差し引いちゃおうかしらネ!?」

そんな大人同士のやり取りをおかしそうに笑いながら、セーラは言う。

「うん……ラボから逃げ出して、自分がどこにいるかもわからなくて、すごく不安で……誰にも助けてもらえなかったら、もっと泣いたりしたと思うけど」

セーラの表情や言葉は穏やかだった。

「でもこのお店に来て、占田さんが面倒見るって言ってくれて、それでママも、お店の人たちも、みんな良くしてくれるし。ミリィやクラリスが友達になってくれて、働いてると怖いこと考える余裕もなくて、ベッドに入ったら疲れてすぐ寝ちゃうし……きっかけは怖いことだったけど、このお店に来て良かったと思う。かな」

「あらぁ、セーラちゃんさえ良ければ、いつまでもいてくれていいのよ」

「うん。ありがとう、ママ」

そんな、ゆったりとした時間の流れる中。

ごく静かな音と共に、ママがＣＬＯＳＥの札をかけたはずのドアが開いた。それも、いつもとは違う不自然な形に開いた。

　入ってきたのは怜悧《れいり》な容貌をした、軍服姿の若い男。手にした刀を大仰に閃《ひらめ》かせると、流れるような所作で腰の鞘《さや》に納める。それを見てようやく、一同はドアはただ開いたのではなく、その刀によって斬り開かれたのだと理解できた。

　普通はレーザーカッターにしろ超音波ブレードにしろ、斬るとなればそれらしい音や気配がありそうなものだが、男が腰に下げた得物はなんら仕掛けもないような骨董《こっとう》、古美術品。いわゆる日本刀。

「夜分遅くに失礼する。私は地球連合軍情報部特務機関の客員将校、ビューティー・リュウ少佐だ」

　制帽から伸びた濡《ぬ》れ羽《ば》色《いろ》の髪は腰まで届くほどに長く、胸には真っ赤なバラを挿し、取り巻きも連れず一人だというのに、その男の表情は自信に満《み》ち溢《あふ》れていた。

4　冷酷無悲のビューティー・リュウ

①

「……またすげーのが来たな」

複雑な表情をしたミリィが率直に呟《つぶや》いた。

タクルがセーラの方を窺うと、案の定、彼女は怯《おび》えた様子を見せている。

「噂《うわさ》が本当ならそちらのリュウ少佐は、普通の軍人ではありませんよ」

クラリスはここにいる中では、最も裏社会の事情に精通している。それだけに油断ならないという表情をしていた。

「情報部の中でも、極東管区の裏社会担当のスーパーバイザーとして出向している、ダイアリーズの高級幹部。戦前までスーパートーキョーの地下で開かれていた闇闘技場の、最年少チャンピオンです」

「フン、スクランブラー一家の跡取り娘、クラリス・スクランブラーか。弱小とはいえ犯罪組織ともなればその程度のことは知れているようだな。だが知っているのであれば話が早い……こちらにライハルト・フロイス博士のお嬢様がお世話になっている、という情報を得たのでな」

　リュウはセーラのいるテーブルへ歩み寄り、白手袋に包まれた手を、そのままセーラへと差し向けた。

「さあ、いつまでもこんな不気味な店にいるものではない。一緒にお父様のもとへ行こうか、セーラお嬢様？」

「……いやよ。帰らないわ」

「わがままは感心しないな。イルクお祖父様《じいさま》もライハルトお父上も、君のことを心配されているというのに」

　二人の名前を聞いたセーラは、なお頑《かたく》なに眉を吊《つ》り上げた。

「そうでしょうね……！　だって、あなたたちのプロジェクトの恐ろしさに気付いて私を逃がしてくれたのは、そのお父さんとお祖父ちゃんだもの……！」

「チッ……、やはり内部の者による手引きだったか」

リュウは好青年然とした笑みを、舌打ちと共に吹き消した。

「だがツメが甘かったな。戦争で焼け出された難民と、それを食い物にする犯罪者どもがたかるこの醜い街で、貴様のような世間知らずの子供に何ができる？　たった一人で軍とシンジケートに立ち向かい、この私の野望を阻止するつもりか？　そんな下らない夢物語が叶《かな》うまで、君の父と祖父が生きていればいいがな」

「ッ……!?　お父さんとお祖父ちゃんに何をしたの……!?」

総毛立つようなセーラの声と表情に、リュウはサディスティックな笑みを浮かべた。

「まだ何もしていない。だが君の返答次第では、どうにかしなければいけなくなる……というだけの話だ」

「卑怯者《ひきょうもの》っ……！」

「なんとでも罵るがいい。だが立場を理解したのであれば、大人しく従ってもらうぞ」

歩み寄ったリュウがセーラの腕を掴《つか》んだ。

だがそのリュウの手を、タクルは捕まえた。

「待て」

「なんだ貴様は？」

「ガキ相手に大人げない真似《まね》してんじゃねぇよ」

リュウはすぐにセーラから手を離した。

意外なほどあっさり引き下がったな、とタクルが思った瞬間。


ドゴッ!!


「ぐはっ⁉」

リュウの拳がタクルの顔面を捉えた。

意表を突かれたタクルはテーブルに背中を打って床に転がる。

至近距離で身構える暇がなかったにしても、威力が普通ではなかった。

「占田さん⁉」

「ちょっとタクルちゃん⁉　大丈夫⁉」

セーラとママに助け起こされるが、見上げる天井はぐるぐる回っている。

（クソッ、マジか……なんてパンチしてやがる……！）

「薄汚い難民が美しい私に触れるな、穢《けが》らわしい」

「てめぇ、占田さんによくもやりやがったなっ！」

逆上したミリィがリュウに殴りかかるが、リュウは顔面に飛んできたミリィのパンチを首を傾《かし》げるだけの最低限の動作でかわしてしまった。二発目、三発目もまるで当たる気配がない。

「な……何だよコイツ、あたしは魔女だってのに……！」

「それがどうした。私はビューティー・リュウなのだ！」

「フザケやがって！」

その余裕が癪《しやく》に障ったように、ミリィはパンチに肘や膝やキックを織り交ぜて繰り出すが、リュウはそれさえダンスのステップでも踏むようにして、全て紙一重でかわしてしまう。

「フン、感情任せの美しさのカケラもない動きだな。スピードは合格点だが、魔女と言ってもこの程度か」

「なんだと……！」

「このビューティー・リュウに抜かりはない！　セーラ・フロイスとこの店に関わる者たちのことは全て調査済みだ！　もちろん貴様のこともな、ミリィ・ファルケ！　地球外生物兵器ヴィトロムの駆除のために生み出されたガールズアサルト。少女型生物兵器と言っても、所詮は害虫駆除用品だ」

そんな心無い言葉が、仲間思いのミリィをどれほど逆上させるか。

タクルは前線に立ったことのある者として、わからぬわけではなかった。だから叫んだ。

「ミリィ、やめろっ……！」

「ぶち殺してやる――！」

逆上したミリィが本気で殴りかかった。

目にも留《と》まらぬ速さのパンチは、しかし目にも留まらぬ速さでリュウに掴まれ、勢いを利用して片手で投げられたミリィは宙を舞い、鉄槌《てっつい》打ちで叩《たた》き落《お》とされた。酔っ払いが暴れてもびくともしないはずのテーブルの脚が折れ、ミリィの身体が床に叩き付けられる。

リュウは身動きできぬミリィの鳩尾《みぞおち》に正拳突きを叩き込んだ。

「げほっ!!」

「私には嫌いなものが二つある。一つはそいつのように薄汚い身だしなみの男。もう一つが貴様のような、身の程を知らず汚い言葉を使う子供だ。いいか、魔女。セーラ・フロイスはお前たちのような間に合わせの急造品とは違う。フロイス博士自らが科学の神に捧《ささ》げた実験体、人類が持つ新たな可能性の形なのだ……！」

「けほっ！　かはっ……！」

ミリィは起き上がるどころか、呼吸もままならぬように身悶《みもだ》えている。

「それくらいにしてもらえませんかねぇ」

クラリスが腰の後ろから銃を抜いた。

「一応この辺りは、ダイアリーズじゃなくてうちのシマなんですよ」

と、クラリスがリュウに照準を合わせた時には、その銃身が宙を舞っていた。瞬《まばた》きの速度で抜刀したリュウが、その刀で斬り飛ばしたのだ。

「スクランブラー一家に、アングロサクソン・ダイアリーズと抗争するほどの力はないはずだが？」

「……はい。全く以《もっ》てその通りです……」

勝負どころかお話にもならないと、クラリスはグリップだけになったピストルを捨てて小さくバンザイした。

生半可な使い手ではない。いかに最新モジュールのサイボーグやアンドロイドだって、ここまでのことを、これほど静かに、流れるようには行えない。

クラリスが横目にした窓の外をタクルが目で追うと、暗闇に不気味な赤い光が点々と灯《とも》っているのが見えた。一機や二機ではない。感情のないアームズボットの短射程レーダーガンのレンズが稼働している。

静まり返った一階に比べ、二階の店員たちは騒々しかった。

「ママやばいよ、アーミーとダイアリーズに通りを全部塞がれてる……！」

「見たことのないボットもたくさん……！　すごく強そうなのばっかり……！」

ネズミ一匹逃れられない包囲網。街の数ブロックを焼き尽くせそうな火力が、このたった一軒の酒場に向けられている。

「みんな落ち着いて、じっとしてるのよ！　いいわね!?」

いつにない剣幕《けんまく》で怒鳴るママの姿に、だからこそ店員たちも逼迫《ひっぱく》した事態を理解する。

それをリュウが嘲《あざわら》った。

「賢明な判断だ。ジャンクメカニスタ、マシーン・マッスル……いや、今はママ・マッスルと名乗っているのだったな。反政府地下組織に所属していた貴様が抵抗してくれた方が、こちらとしては制圧の名目ができて話が早かったのだが」

ママは途端に震え上がるように首を振った。

「まっ……待って、お店の子たちはレジスタンスとは一切関わりはないわ！　本当よ！　アタシのことはどうなっても構わないから、お店の子たちは……！」

ほどなく、プロテクターで全身を隙間なく固めた戦闘員がアサルトライフルを抱えてなだれ込んできた。この辺りで流通している小銃弾など、豆鉄砲ほども効かぬ装備だ。

「ご無事ですか、リュウ少佐!?」

「独断専行が過ぎます！　反政府組織の拠点《アジト》に単独で乗り込むなど……！」

リュウは置き去りにしてきた取り巻きを、こともなげに振り返った。

「目標に無用な警戒心を抱かせぬためだ。ゆっくり話してみてよくわかったが、こちらの店の方々が負傷したお嬢様を保護されていたのだそうだ。……そうでしたね、セーラお嬢様？」

「っ……」

歯噛《はが》みするセーラに、禍々《まがまが》しい笑みを浮かべたリュウが迫る。

「こんな掃《は》き溜《だ》めに暮らす者たちが痛めつけられる様を、まだ見たいのか？　それともママ・マッスルが店員たちのために命乞いする姿が見たいか？　だとしたらお嬢様も随分趣味が悪いと言わざるを得ないな」

セーラが何か言おうとする前に、ママが沈痛な面持ちで声を振り絞った。

「……ごめんなさいね、セーラちゃん……。あなたに教えてあげたいことが、まだたくさんあったのに。あんなに偉そうなこと言って、アタシじゃ、あなたを守ってあげられないわ……」

セーラに諦めを述べさせるよりも早く、ママが諦めてみせた。

だからセーラも、踏ん切りがついた。

「ごめんなさい……。私、勝手に押しかけてきて、迷惑だけかけて……本当に、ごめんなさい……！」

「お前はっ……げほっ、それでいいのかよっ……！」

　むせながらミリィが声を絞り出す。

「お前の何が特別か知らねーけど、そんな……！　家族を人質に取るような奴《やつ》らの言いなりで……！」

「いいわけないじゃない……！」

　セーラは叫んだが、すぐにその声は細くなった。

「いいわけない……けど、仕方ないよ……。世の中ってそういうものでしょ。どんな夢も叶えてくれる魔法や、誰かのために戦ってくれる都合のいいヒーローなんていない。私、世間知らずだけど、世の中がそういうものだってことくらい、わかってるつもり……」

　セーラはミリィに背を向けた。

「ごめんね、ミリィ。クラリスも。せっかく友達になってくれたのに……。占田さんも、せっかく助けてくれたのに……迷惑かけてごめんなさい」

「俺は……」

「ママやミリィやクラリスに会えて、このお店で働けて、良かった。占田さんに助けてもらえて、良かったです。ありがとうございました」

他人行儀な言葉を最後に、セーラは深々と頭を下げた。

そしてリュウが芝居がかった、まさに慇懃《いんぎん》無礼《ぶれい》な態度でセーラの背に手を回す。

「さあ急ぎましょうか、お嬢様」

二人が店を出ると、戦闘員たちも最後まで油断なくこちらに銃口を向けたまま、後ろ歩きで撤退していった。

後には、火の消えたような静寂だけが残った。

②

最寄りに降着していた電光変換式《エレクライト》ローター機に、セーラは押し込むように乗せられた。

「シートベルトを締めておけ、お嬢様」

「……そのお嬢様って呼び方、やめて。吐き気がする」

そんな気分の悪さは、ひょっとしたらいま頭にバケツを被っていないからかもしれないと思いながら。

「フン、実験体の小娘が」

リュウの冷たい目には明らかな侮蔑があったが、おかげでセーラの気分は少し良くなった。この男に否定されることで、自分はこんな人間とは違うのだと素直に喜べた。

（でも……私……。私には何もできなかった……。ウェイトレスの仕事もできなかった……。あのお店の誰一人守れなかった……。私はリュウ少佐一人にも抵抗できなかった……。怪我《けが》をしても治るってわかってるのに、怖くて動けなかった……。抵抗をしてもみんなが傷付くだけだからって言い訳して、戦おうともしなかった卑怯者《ひきょうもの》……）

ただ怪我が治るというだけの魔女。

ただそれだけの魔女ということしか、自分でもわからない。

（どうしてヒーローはいないなんて言っちゃったんだろう……占田さんはちゃんと私のこと、助けようとしてくれたのに……。……最低だ……私……）

何もできない。泣くことしかできない自分が情けなくて、悔しくて、なお涙がこぼれた。

ローター機が高度を取るため垂直上昇を始める。電光変換器から漏れ出した光が、覗き窓の外できらきらと音を立てながら粉雪のように舞い散るのが見えた。

そして雑多なゴースト街の姿も、小さく、ミニチュアのように遠ざかっていく。

《少佐、配置完了しました。射撃準備よし》

「射撃を許可する！」

《了解》

　セーラは身の毛のよだつような予感に、咄嗟《とっさ》にリュウを振り返った。

「何をするつもり!?」

「フン、この私が秘密を知った者を生かしておくとでも思ったのか？　貴様の逃げた先が、政府からも見放されたゴミ溜《た》めの街だったのは幸いだ」

　直後。すぐ眼下で、何十丁のマシンガンが一斉に火を噴くすさまじい銃声が轟《とどろ》き、パンセックシュアルとその周辺が花火でも焚《た》いたように明るくなった。

　店を包囲していた部隊が集中砲火を開始したのだ。

「不衛生なネズミの巣を焼き払うだけで済むのだから、世話はない……フフッ」

「ママッ！　占田さん！　クラリスっ、ミリィ……！　いやあああッ!!」

「フッ！　フハハハッ！　醜いものほど、この世から消え去る瞬間は美しいとは皮肉なものだな！　フハハハハハハハハッ……!!」

③

……銃声が、止《や》んだ。

足音が遠ざかっていく。

ボットのモーター音も遠く、聞こえなくなって、しばらく経《た》つ。

「……みんな大丈夫⁉　ケガをした子は……⁉」

ママの呼びかけに、ようやく方々から無事を伝える声が聞こえてきた。

二階にいた店員たちも、全員無事だったようだ。

「クソが、ふざけんなよあの野郎っ……これが人間のやることかよっ……！」

開口一番罵詈雑言《ばりぞうごん》するミリィに続き、タクルも伏せていた床から体を引きはがす。

「……ミリィこそ平気か？　さっき、ひでぇ投げられ方してたが……」

「ハズレでも一応は魔女だからな。あれくらいでどうにかなるほどヤワじゃねーよ。……けほっ、けほん」

そうしてむせるミリィと同じように、クラリスが硝煙と埃《ほこり》に咳《せ》き込みながら立ち上がった。

「こほっ……しかし融資をケチらなかったことがこんな形で幸いするとは、思ってもみませんでしたよ。いざとなったら軍隊とでも戦えるって売り文句は本当だったようですね」

ママは溜息《ためいき》。

「治安のいい場所じゃないから、念のためにってつもりだったんだけど……本当に軍を相手にすることになるなんて、さすがに思ってもみなかったわよ」

割れていない窓などなく、そこから射線の通る範囲は全て蜂の巣のように穴だらけになっていた。

ただ、一同が伏せていた窓より下の壁だけは、銃弾の貫通を許さなかった。嘘《うそ》かほんとか知らないが、ママ曰《いわ》く旧世紀の戦車の装甲板がサンドイッチされているとかなんとか。実はテーブルも全て、天板の裏には防弾繊維を固めた樹脂とセラミックがどうとか。だから掃除で動かそうとするとかなり重たいのだが、食事をするにはどっしりと安定した、横に倒せば銃弾も防げるいいテーブルだった。

だったのだが……タクルは日頃自分が掃除している店内の、もう掃除だけではどうしようもなくなった姿を目の当たりにして、内心では怒りを通り越していた。通り越していたので、逆に自分でも怖いほど冷静になっていた。

「……けどママ、よくあいつらが撃ってくるって気付いたな」

「オホホ！　ダテに二十年もレジスタンスにいたわけじゃないわよ。あのリュウ少佐のようなアブナイ目をしたサディストが、使う予定もないのに特殊部隊なんて連れてくるはずないもの」

　除染スモッグにぼやけた朧月《おぼろづき》。

　音が止んだことを察した街の人々が、何が起きたかと遠巻きに集まってきている。

「それで、これからどうしましょうかね」

　クラリスは自身が被った埃と、穴だらけになったソファの埃を払うと、腰を下ろし脚を組んだ。いつもと変わらぬ悠々とした態度が気に入らないようにミリィは叫ぶ。

「どうって、こっちは人間一人さらわれてんだぞ！　ママの店だってこんなめちゃくちゃにされてるんだ！　ケーサツに言って、それから……！」

「だからですよ。ゴースト街に住んでいるような人間の与太話《よたばなし》なんて、まともに取り合ってもらえるか怪しいもんです。情報部の特殊部隊が、女の子一人さらうために十字砲火を浴びせていったなんて、嘘にしても大袈裟《おおげさ》すぎます。見てください」

　クラリスが店内の弾痕を示して言う。

「撃たれたのはここらでも流通しているような口径の鉛弾ばかりですよ。レーザーガンやビーム砲、高機能ミサイルなんかを使わなかったのは、この辺りの組織同士の抗争に見せかけるためでしょう」

　クラリスの推理を聞いたミリィは、驚くと同時に呆《あき》れていた。

「マジかよ……。軍にしてはなんか古くさい装備だと思ったけど、ほんとに最初っから皆殺しにするつもりだったのかよ……」

実際、マフィアの娘であるクラリスがここにいる。彼女がこの店のオーナーで、この店によく出入りしていることは、近隣の常連なら皆知っている。もちろん、全て調査済みだというリュウ少佐も知っていただろう。

軍がこんな場末に用があるはずなどない。

店はライバル組織の闇討ちによって崩壊した。

世間はそう思うだろう。ならばより大勢の信じたそれが事実だ。

タクルは言った。

「……ママ、悪いがアイアンクラッドを用意してくれ」

「アタシの作ったプリンセス・エリザベスちゃんならいつでも出せるように用意してあるわ。けど、どうするつもり？」

「連中も、連れ去ったその日に取り返しに来るとは思ってねぇだろ」

突拍子もないことを言い出したタクルに、ミリィもクラリスもきょとんとなった。

「ま……マジかよ占田さん……!?　セーラを助けに行くのか!?」

「ちょっと待ってください、相手はシンジケートと軍の特殊部隊ですよ！　死ぬつもりですか……!?」

　タクルはもちろん、首を横に振る。

「別に戦争するわけじゃねぇ、ちょっと行ってセーラを取り返してくるだけだ。ママのアイアンクラッドなら死にやしねぇよ」

「待ちなさいタクルちゃん、それで肝心のセーラちゃんがどこに連れ去られたかのアテはあるの？」

　真剣な面持ちでママへ、タクルは確信をもって頷いた。

「俺がセーラを見付けたとき、あの子は裸足《はだし》だった。少なくとも徒歩で移動できる範囲から逃げて来たってことだ。だがこの辺りには、血だらけでバケツ被って逃げ回る女の子を見たってやつはいねぇ。そんなのを見たらもう少しこの店で噂《うわさ》になってていいはずだ」

　ママは頬《ほお》に指をあてて首を傾《かし》げる。

「ゴースト街じゃなかったら、川の向こうには汚染地帯《デンジャー・ゾーン》があるだけよ？」

　勘付いたミリィが指を鳴らした。

「そうか、だったらあとは地下しかねーよ！　そういうことだろ、占田さん!?」

「ああ、冴《さ》えてるじゃねぇかミリィ。このトーキョー一帯の地下には、旧世紀に使用されていた鉄道や水路が、網の目のように張り巡らされているからな」

　そして建設から年月を経て崩落の危険性が高まったところなどは、放棄されたまま手付かずの無法地帯《アンダーグラウンド》となっている。埋め戻すにしても地下空間の容積が膨大過ぎて、コストの割に何の収益も見込めないからだ。そして、そういったスポットが犯罪組織の隠れた温床ともなっている。

「その中でも、ダイアリーズの影響下にある範囲。しかも地上にローター機が出入りできるほど開けている場所となれば、かなり絞り込めるはずだ」

「そうですか……それで繋《つな》がったかもしれません」

　クラリスは言った。

「今日の会合の議題に、ダイアリーズのケミカルプラントについて出てきたんです。占田さんたちがセーラさんを拾った日に、そこで特に慌ただしい動きがあったらしいんですよ。もしかしたら地上をダイアリーズの施設にカモフラージュすることで、地下にある何かを伏せているんじゃないですかね？」

「クラリス、その場所はわかるな？」

「もちろん」

　クラリスは得意げに微笑《ほほえ》んだ。

「本来なら情報料を頂くところですけど、まあ占田さんはお得意様ですし、セーラは私のことも友達って言ってくれましたからね」

「だったらあたしも行くぜ、占田さん」

　ミリィは手の平に拳を打ち付けた。

「友達を助けに行くのに、止めたりしねーよな？」

「ああ。正直、俺一人じゃできることが限られちまう。その方が助かる」

　そんなタクルに、ママが真摯な眼差《まなざ》しで問うてくる。

「タクルちゃんは、どうしてセーラちゃんのためにそこまでしてあげるわけ？　家族でもない偶然拾っただけの女の子に」

「俺が？」

「そうよ。アタシもタクルちゃんがやろうとしていることが間違っているとは思わないわ。けど、自分のせいで部下が死んだって後悔しているみたいに、今度はこのお店や、ミリィちゃんやクラリスちゃんがタクルちゃんの行動に巻き込まれるかもしれない。それはもちろんわかっているのよね？」

「そんな言い方しなくても……！」

　というミリィを、タクルは片手を上げて遮った。

「なあママ。俺は別に部下を死なせたことを後悔してるわけじゃねぇんだ」

「あら、そうなの……？」

「ああ。俺は最後の任務を受けたあの日、あの子たちを守ることが正しいことだと信じて部下に命令を下した。部下もみんな、それが正しいと信じたから戦って死んでいった。……でもこの世界がな、それが余計な間違いだったって後ろ指を差しやがる」

タクルは鼻で笑った。

「だから、そんな世界に俺みたいなやつの居場所なんかあるはずねぇって見切り付けてよ。怒られて家出したガキみてぇにこの街に閉じこもってるんだ。情けねぇ話だろ」

マスコミの言うことだけを信じて指を差す悪意と嘲笑。それが社会だ。タクル自身がそんなことを気にしないと言ったところで、世間様は命令違反の部下殺しを温かく迎え入れたりはしてくれない。

その点、ゴースト街はフェアだった。敵か味方か。金を持っているかいないか。この街ではそれくらいしか明確な判断基準はない。経歴だけで人間を判断するような者はいない。だから、ここでなら静かに暮らせる気になっていた。

「……だが、いつも思い出すんだ。そのとき研究施設にいた子がな。自分たちはみんなの命を守るために兵器になったって言ったんだ。もう怪我《けが》して血塗《ちまみ》れになってるのに、犠牲になる覚悟はできてるってな。黒髪でな。セーラと似た雰囲気の子だったかもな。俺たち全員、平和を守るために人生捧《ささ》げて兵隊になったつもりが、そんな子供に犠牲になるなんて言わせちまったことが本当に悔しくてな。さっきセーラが仕方ねぇなんて言うのを聞いて、その時の気持ちをはっきり思い出しちまった」

自然と、その時の少女と、先のセーラの姿が脳裏に重なって見えた。

「そうじゃねぇだろ。大人の都合なんて子供には関係ねぇんだ。大人ってのは、子供に夢を見せてやるもんだ。俺はガキの頃にそうやって憧れてアイアンクラッドになったんだ。確かに戦争で役には立たなかった、何にもならなかったかもしれねぇ。それでも俺が今まで生きてきたことは嘘じゃねぇし、自分が間違ったことをしてきたとは思っちゃいねぇ。大人は子供に、ヒーローはいねぇなんて思わせちゃいけねぇえんだよ。仕方ねぇなんて諦めさせちゃだめなんだ……俺はあの子を見て、そう思ったんだ」

ママは、長い睫毛《まつげ》を伏せて頷いた。

「ええ、そこまで言うなら胸を張って行ってらっしゃい！　お店やアタシたちのことは心配しないで！　何が悪いかを悩むより、正しいかどうかで決めるのが良い人生っていうものよ！」

5　怪物、アイアンクラッド

①

関東一円に広がるかつての街跡。

人がいないではないが、旧世紀に張り巡らされた道路網とそれを塞ぐ倒壊したビル群のおかげで、一帯は文字通りのコンクリートジャングル、地上にありながら迷宮に等しい魔境と化している。警察力はその全てには到底及ぶべくもなく、犯罪組織の影響力だけが辛うじて社会秩序の形を成していると言っても過言ではない。

タクルはミリィと共にアングロサクソン・ダイアリーズの勢力圏まで足を延ばし、ダイアリーズの施設を見渡すことのできる廃ビルに潜入していた。

《そもそもの会合の議題っていうのが債権回収《キリトリ》の率の悪さだったんですよ。うちが回収す

るはずの金が、みんなクラッシュスピードに吸い取られているわけです》

無線からクラリスの声が届く。クラリス本人はパンセックシュアルに残っている。フリーのタクルやミリィはともかく、マフィアの娘である彼女がダイアリーズの敷地で見つかったりしたらさすがに話がややこしくなる。

「あたしがシメたバイヤーもそれのヤツだったぜ」

いつもの帽子の上からインカムを着け、フードパーカーの上からタクティカルベスト、金属製のニーパッド、エルボーパッド、ナックルガードを着けたミリィの姿は傭兵《ようへい》顔負けだ。

市場でタクルとセーラに声をかけてきたのもそのディーラーだった。シンジケートがバックにいると息巻いていたから、やはり同系列に違いない。

《ええ、依存性や健康被害が少ないという触れ込みで安価に出回り、実際試して抜けられなくなったころには、元からあったドラッグよりも高くなる……という、まあお決まりの手口ですよ》

「で、あそこがそれを製造しているケミカルプラントか」

タクルが廃墟《はいきょ》の窓から覗くと、一キロほど向こうに夜なお明るくライトアップされた倉庫群が見えた。

フツーは犯罪組織のケミカルプラントといえば、政治活動家が個人用のコンピューターとＡ４プリンターをいくつか並べて印刷所と言い張るのと同じで、廃ビルの空き部屋にフラスコとビーカーとガストーチを並べた程度のものと相場が決まっている。物の大小と言っても、あとはその理科室が廃ビルの中にいくつ並んでいるかという程度の違いでしかない。なのに、今この廃墟から望むダイアリーズのプラントは、旧世紀の鉄道基地跡地を利用した広大な倉庫群だ。そこに、ＡＤのロゴマークが大きく入れられた青紫色のトラックが堂々と出入りしている。

軍も警察も機能していないこの界隈《かいわい》では、犯罪組織だからといってわざわざ隠れる必要がない。藪《やぶ》に蛇がいるとわかってつつく者はいないように、派手な色柄の虫やヘビを口にしようとする生物がいないように、ダイアリーズは鮮やかな青紫色をシンボルカラーとすることでその存在を知らしめ、無用なトラブルを防いでいるのだ。

「おい占田さん、あれ……！　セーラが連れてかれた時に、パンセックシュアルから見えたやつだ！」

スコープを覗《のぞ》いていたミリィが声を上げるや否や、倉庫の陰からロータージェットは離陸していった。

《レスキューでもないロータージェットなんて、この辺りにそうそう用事はないはずです。

もう確定でしょう》

　クラリスの言葉に、タクルは頷《うなず》く。

「だろうな。警備の雰囲気からして厳戒態勢って感じじゃねぇ。あくびをしてる奴《やつ》までいやがる。どこかからの襲撃や、セーラを取り返しに来るような想定は通達されてねぇ証拠だ」

「占田さんの狙い通りってワケだ」

「ああ。それでもってこれだけ広けりゃ、どこかしらに警備の穴もあるはずだ」

　タクルはヘルメットのバイザーを落とした。

　内側のディスプレイにそれまで見ていたのと変わらぬ視界が映し出される。

　瞬間、向こうに小さく見える兵士たち、注意すべき動体反応の全てがマークアップされ、手にしているマシンガンの種類、腰に下げたサイドアームの脅威度まで判別する。

（……ママのお手製にしちゃ、このOSはすげぇな。俺が軍で着ていた正規品以上だ）

　カメラは眼球の動きをスキャンして連動し、意識すれば振り向くことなく全周方向の視界を得ることさえできる。主観視点のゲームで、自分は動かぬままカメラアングルを操作するようなものだ。背中のガンラックとそこに積んだ武器を含めれば装備だけで二百キロを超えるが、自分の足よりも軽く歩ける。

「でも本当にいいのかよ、占田さん」

「何がだ？」

「なんか考え込んでたからさ。それ着て戦うのにやっぱ、オモウトコロとかがあるのかなって」

思う所と言われたタクルは、それをまとった己の姿を見下ろした。

最後の歩兵が使用したそのバトルスーツは、ボムスーツのようなコンパクトな装備容量でありながら、戦車の装甲性能、戦闘ヘリの機動力、生身以上の敏捷性《びんしょうせい》を有するとされた。

人間が人間サイズのまま機動兵器を着込み、シールドバリアで戦車砲弾を防ぎ、音速で飛ぶ戦闘機を撃ち落とすことだって可能となったのだ。それまでコミックの中の存在でしかなかったスーパーヒーローが、科学の力で現実に誕生した。かつてのタクル少年は、テレビで見たアイアンクラッドのデモンストレーションに心奪われた。

戦術、戦略に革命が起きると言われた画期的兵装であった。

だが……言われただけだった。

なぜか？

人間は死ぬ。
自動兵器は死なない。

ドローンと呼ばれる無人航空機から端を発した自動兵器が、すでに陸海空の全てで兵士からその座を奪いつつあった時代。人間の脳よりコンパクトなコンピューターと目標識別ソフトが、すでに人間の認識能力を大きく上回りつつあった時代。設備と機材の維持管理費が新兵の育成費用を大きく下回りつつあった時代。そもそも戦争という行為が、あまりに非効率的な外交手段に成り下がりつつあった時代。

アイアンクラッドが活躍する機会を得る前に、科学技術の進歩は人間が戦場に立つ意味も、意義も、価値も奪い去ってしまった。真の戦術的、戦略的革命は自動兵器によってもたらされた。戦場においては自動兵器にできず人間にできることは死ぬことだけだと笑われた。巨額の開発資金を投じられて教育された最後の歩兵《ラストソルジャー》たちは、高価なアイアンクラッドを腐らせていくだけの錆びた兵士《ラストソルジャー》と揶揄《やゆ》された。

そしてもう起きるはずもないと思われていた戦争が起きた時、目の前に現れた敵は自動兵器ですら歯が立たぬヴィトロムの群れだった。

「……別に戦うのが嫌なわけじゃねぇ。必要があればなんてことはねぇ」

《じゃあどうして私からの仕事を引き受けてくれないんですか》

「クラリスも見ただろ、このアイアンクラッドを。ピンク色だぞ」

タクルが着ているアイアンクラッドはピンク色だった。

ママの趣味だ。作った本人がピンクに塗ってしまった以上、ピンクなのだ。サイケデリックなショッキングピンクではなく、ファンシーなパステルピンクだ。

《別にいいじゃないですか。可愛くてよく似合ってると思いますよ》

「それは俺にとっては誉《ほ》め言葉でもなんでもねぇんだよ」

ミリィが笑った。

「帰ったらさ、あたしがバイザーのとこにブタの鼻描いてやるよ」

「……うるせぇ。行くぞ」

廃ビルの窓を抜け、垂直に近い壁面を一気に滑り降りた。

②

敷地に入ったタクルはバイザースクリーンに映し出されるデータから周囲の状況を確認しつつ、崩れた瓦礫《がれき》や廃材に身を隠しながら先へ先へと進んでいく。

安全を確認してから、後ろにいるミリィへついてこいとハンドサインを出す。

「すげーな占田さん、簡単に進んでいくけどホントに大丈夫かよ」

《本当ですよ。見てるこっちがヒヤヒヤします》

「こういうのはゲームと違って、侵入するまでが面倒なだけだ。中に入っちまえばそう大した仕掛けなんてねぇ」

カギだって壁だって中に入れさせないためにある。

兵隊が夜に見回りをするのは、見張りがいるから入らないでくださいという対外的なアピールと同時、新兵の眠気に対する忍耐力を養うためだ。自分が初めて軍に入った時、セキュリティなんてそんな程度かと拍子抜けしたからタクルはよく覚えていた。

無論、その施設の重要度にもよるが……この場所に関して言えば、アイアンクラッドのセンサー類にもこれといったトラップなどは検出されない。

「あまり警備を厳重にしすぎても、何か大事なものを隠してるって周囲に知らせるようなもんだからな」

　ここは表向き配送基地のようだ。ならば配送施設として以上の軍備があったら、他に何かあるのかもしれないと疑われる。疑われて探られたときにどう誤魔化《ごまか》すかより、そもそも疑われないように振舞う方がずっと手間は少ないものだ。

《私もヘソクリとかの隠し場所なら、部屋を見ればわかりますよ》

　借金取りというより脱税の査察に入る税務官のような言い草に、タクルは嘆息した。

「年頃の女の子がなんて商売してやがる」

《ただ男の人の場合、ここだと思った場所に別な意味のお宝が隠してあったりして紛らわしいんですよねぇ》

「マジかよ。占田さんもエロ本とか隠してんのか？」

《さあどうでしょうねぇ。一応それらしい場所の見当はついてるんですが……》

「下らねぇこと言ってんじゃねぇバカども。行くぞ」

　タクルとミリィはある倉庫の脇に辿《たど》り着いて、コンテナの陰に隠れた。

　少し先に広い空き地がある。ロータージェットが飛び立ったそのスペースをセンサーでスキャンすると、地面に他よりも明らかに小さな、女の子の足跡が簡単に見つかった。セーラが店で履いていたローファーのものだ。

「その倉庫で間違いなさそうだ」

正面には配送用のトラックが出入りしている。壁の向こうに人がいないことを確認してから、倉庫側面にある勝手口のようなドアをそっと開く。

中にはトラックが何台も並列に並び、クレーンやロボットアームと並行して人力による荷の積み下ろしが行われていた。

戦闘員ではないが、ダイアリーズの制服を着た男たちが声を張り上げている。

「働け！　働くんだ！　この劣等返済者ども！」

「降ろせ！　降ろすんだ！　そして積むんだ！　さあ積まないか！」

威勢良く声を張り上げるアングロサクソン・ダイアリーズの労働管理兵が、作業ツナギで荷を運ぶ疲れきった者たちへ向けて、これ見よがしに懲罰用の電気鞭を唸《うな》らせている。

鞭を床に打ち付けると鋭い音と共に勢い良く火花が散り、労働者たちはそのたびに身をすくめては、せっせと荷運びにいそしんでいる。

「あそこで働いてるの、ダイアリーズの構成員ってわけじゃねーよな……？　カタギみたいだけど、なんだ……？」

訝《いぶか》しむミリィに、モニターを見たクラリスは憤った様子で言った。

《ケミカル漬けになった人間ですよ。うちから借金している人間も交じっています。道理で食うや食わずのような人間が、跡も残さず消《き》え失《う》せるはずです》

単純作業はあらかた機械任せにできる時代であるが、それでも初期投資費用を考えれば人間の方が融通が利くこともある。クスリから抜けられなくなった人間から、金を搾れるだけ搾り取り、いよいよ鼻血も出なくなったら死ぬまで労働力として利用する。

機械はメンテナンスにもコストがかかるが、人間であれば最低限の食事だけ与えておけば勝手に生きる。機械は製造コストがかかるが、そこらの人間を連れて来るならタダで済む。壊れたり死んだりしたところで、ゴースト街に行けば代わりはいくらでもいる。

タクルは素朴な疑問を投げかけた。

「……クラリスのとこはこういうことはしてねぇよな？」

《当り前じゃないですか。人間を飼うっていうのは飼うだけのスペースとか逃げられないような監視の目とか、コストもですがそもそもの組織の体力がないとできないんですよ。ダイアリーズなら余裕でしょうけど、うちくらいの規模ならその金で兵隊と武器を買ってドンパチした方が利益を出せます》

そんなとき。

「ひぃ……！」

労働者の一人が荷物の重さに耐えきれず、倒れ込んだ。

「貴様、何をしている！　これはビューティー・リュウ様の美容品セットが入った荷物だ、細心の注意を払って懇切丁寧に運ぶよう命じたはずだぞ！」

「た、助けてくれ……もう限界だ……！　俺たちは機械じゃない、人間だ……！　もう三日も寝てないんだ……！」

労働者仲間たちはその惨状を横目にしつつも、管理兵から睨《にら》まれればその目を逸《そ》らし、自身の作業を続けることしかできない。

「貴様、口答えするか！　この俺のサイバーウィップが一万ボルトだということを忘れたのか！」

管理兵が鞭を振り下ろすと、電光と火花が散り、絶叫が響き渡った。

「あぎゃがあっ……！　く、クスリぃ……せめてクスリをくれよぉ……！」

「ちっ、ジャンキーめ！　こいつはもうそろそろ限界だな……おい！」

管理兵が声をかけると、別な管理兵がホルスターから拳銃型注射器を取り出し、倒れた労働者の首筋に打ち込んだ。

「うぐっ……!?」

「やべーよ占田さん！　助けないと……！」

心配して飛び出そうとするミリィの肩を、タクルは押さえ付けた。

「だめだ、いま出て行ってもやりようがねぇ……！　他の労働者を人質にでもされたら、お手上げだ……！」

「っ、くそ……！」

歯噛《はが》みするミリィの見ている前で今にも野垂れ死にそうだった男がぐったりと動かなくなり、いよいよ息の根が止まったかに思われた……次の瞬間。


ドクン！


「うっひょおおおおッ!?　きたきたきたぁああああッ！　百万馬力ぃッ!!」

労働者は飛び起きると落ちくぼんだ目をぎょろりと見開き、らんらんと輝かせ始めた。

管理兵が怒鳴る。

「いいか貴様、クスリが欲しければ積み荷を降ろせ！　そして積むんだ！　次、落とした場合はラボ送りだぞ！」

「ウッス！　ウッス！」

労働者は己の健常をアピールするように幾つかのポージングを決めると、元気に仕事に戻っていった。それが果たしてどれだけ持続する効能なのか、そしていかなる副作用を人体に及ぼしているかは推し量るより他にないが。

「ひでーな……」

「ああ……ひでぇな、色々と……」

元気そうには見えたが、あれほどギャップのある躁鬱《そううつ》を肉体的にも精神的にも繰り返していたのでは、およそまともな健康状態とは思えない。

トラックが出入りするシャッターとは反対側の奥から、新たな管理兵たちが現れた。

③

「交代だ」

「やれやれ、やっとか」

労働者ではなく、見張る側だけが交代するらしい。それで管理兵ばかりが引継ぎのために数人集まる。

「そう言えばさっき、ビューティー・リュウ様が女の子を連れて行ったが……あれが捜索命令の出ていたガキか？」

「ああ。詳しいことはわからんが、地下のラボの方へ連れて行かれたからそうなんだろう」

「その……ラボっていうのは一体何の研究をしているんだ？」

その質問をした管理兵へ、他の視線が集中した。

「お前はここへ配属されたばかりだから知らないんだろうが、余計な詮索はするな。首が飛ぶぞ」

「お決まりのセリフだな……現場に出ているような下っ端は、知る必要もないってことか」

「そうじゃない。ビューティー・リュウ様の刀は物理で首をトバすんだ。俺たちが着ている程度のプロテクターなんか、あの方にかかれば段ボールも同然だ」

「そんな些細《ささい》な好奇心で首を飛ばされた前任者の代わりが、お前だってことだよ。俺たちは仕事上の付き合いでしかないが、それでも知ってる奴《やつ》の死体を片付けるのは気分のいいもんじゃないんでな」

「っ……。わ、わかった……。悪かったよ……。聞かなかったことにしてくれ……」

引継ぎが終わって、休憩に入る方の管理兵らの後をつける。

そして倉庫奥の区画へ続くドアがカードキーで開かれたところで、タクルとミリィは後ろから襲い掛かり、気絶させた。

難なく奥の区画に入ると、ガラス張りになっている広い空間が見えた。

　白尽《ず》くめのクリーンスーツを着た男たちが幾つかあるラインに就き、薬品を計量し、機械にセットし、出てきた錠剤をパッキングしている。理科室とは到底呼べぬ、完全な生産ラインがそこにはあった。

　その光景に、クラリスが呆《あき》れ半分な溜息《ためいき》をつく。

《なるほど、いきなりあれだけ大量かつ安価に出回るわけです。そりゃあここらのマフィアやギャングが作るような粗悪品じゃ勝負になりませんよ》

　表向き配送センターとして車両が出入りしていれば、原料の搬入も完成品の出荷もしやすい。

「なぁ占田さん、そんな悪いドラッグの工場ならついでにぶっ壊しちまおうぜ」

《できれば私からもお願いしますよ》

「それは別に構わねぇが、セーラのことが先だ」

　外から見た倉庫の大きさからして、この場所より奥はない。だが通路の突き当りに、貨物搬送用のエレベーターらしき大きなドアが見える。

「……この先はガラス張りで丸見えなんだぜ。あんなの、気付かれねーように開けられんのかよ？」

「さっきみたいに、タイミングよく人の出入りがあればな。少し情報でも集めてみるか」

タクルはグローブの聴音パッドをガラス面に押し当てた。中の精密な機械音と作業員たちの会話が聞こえてくる。

《外と違ってこっちの仕事はほんとに楽なもんさ》

《ああ、肉体労働なんてまっぴらごめんだ。人間、アタマを使わないとな》

《それにここなら、流行《はや》りのクラッシュスピードをツマミ食いしてもバレやしねえ。ゴースト街のストリートで真面目に働いてたのがバカらしくなるぜ……おっと、こいつは不良品だ》

そう言った男がマスクをずらして、出来たての錠剤を口に放り込む。

こっちの労働者たちは積み下ろしの労働者と違って要領良くやっているようだ。

インカムを通してその音声を聞いていたミリィが、冷めた様子で嘆息する。

「鞭打《むちう》たれてる連中は助けようって気にもなれたけどさ……そりゃあ、やっぱりこういう連中もいるよな」

世の中は悪人ばかりではないが、善人ばかりというわけでもない。

「気にすんな。ガールズアサルトはこんな奴らのために命を懸けたわけじゃねぇだろ」

「わかってるさ。占田さんこそ」

ミリィから逆に気遣われてしまい、タクルは鼻で笑った。

「……そうだな。確かに魔女の子たちが命懸けで救ってくれた世界に、こんな連中がいるのは気に喰わねぇ。エレベーターが開く様子もねぇし、ちょっと揺さぶってみるか」

タクルはスチール製のドアを蹴破り、ぎょっと振り返った労働者たちへ告げた。

「タマガー騎士団がゴースト街のゴミ掃除に来てやったぜ！　皆殺しだ！」

「ひいいいい!?　なっ、なんかやべーのが来たぞ!?」

「うわあああ銃を持ってやがる！　逃げろっ……！」

見るからに異様で重厚なピンク色の、表情もわからぬ男がわけのわからぬことを言いながらのっしのっしと踏み込んできたのだ。プラント労働者たちは悲鳴を上げて逃げ惑い、我先にと別な出口へ殺到していく。あくまで搾取される側である彼らには、戦闘する義務も命を懸ける義理もない。

「おい占田さん、騎士団の名前出すならもっとカッコイイこと言えよな！　あれじゃただのナラズモノじゃねーかっ！」

「脅して追い払うだけならなんだっていいだろ」

タクルは人払いの済んだ製造ラインへグレネードを放り投げた。

そこかしこで爆発が起き、ラインの管理コンピューターやモーターや電源などの高そうな部品が派手にショートし、瞬く間に火の手が上がる。

《緊急警報！　ケミカルプラント区画に侵入者だ！　全戦闘員は警戒態勢！》

放送と共にアラームが鳴り響き、ミリィが頭を抱えた。

「あーあーどうすんだよ!?　ちょっと揺さぶるどころじゃねーだろ!?」

「大丈夫だ、見ろ」

スクラップになった製造ラインの陰に身を潜める……と、突き当りにあったエレベーターから、ダイアリーズの戦闘員が降りて来た。外の警備兵よりも明らかに重武装、しかも先頭にいるのは、軍用のアームズボットだ。

「はっはぁ、ご丁寧に向こうからエレベーターを開けてくれたぜ！　犯罪組織が持ってるはずのねぇ軍用ボットまで引き連れてな！　これで地下に軍の施設があるのは確定だ！」

《いや、エレベーターは来ましたけど!?　この状況はどうするんですか!?》

「マフィアっつってもやっぱお嬢様だな！　何のためにこんな大層なもん着てきたと思ってんだ!?」

タクルはアイアンクラッドのＦＣＳに従い、背に積んでいた20㎜ソードオフ機関砲を肩に担ぐと、トリガーを引いた。

鋼鉄の塊であるボットが着弾の衝撃に踊るように跳ね転がり、パーツが弾《はじ》け飛ぶ。

「退避！　退避ーっ!!」

「攻撃を受けている！　どこからだ!?」

「いや、そもそも何を撃たれたんだ!?　対物ライフルでもビクともしないアームズボットがバラバラだぞ!?」

　コンバットマグナムを抜いたミリィが、狼狽《うろた》えている戦闘員らのヘルメットを硬質樹脂弾の連射で殴り倒していく。

「魔女ってのはすげぇな。百発百中かよ」

「みんな棒立ちだったじゃねーか。当たるだろフツー」

　ミリィはリボルバーから空薬莢を抜き、スピードローダーで新しく弾を込める。

「プラスチック弾だから、ボットとかは無理だけどな」

「なぁに、軍用ボットっつっても対人制圧用だ。そっちは俺に任せろ。他の雑魚はミリィに任せるぜ」

《……ミリィさん、占田さんてもっと人生に疲れ果てた感じのダウナー系のヒトじゃなかったでしたっけ？》

「まあ占田さんはケンカになるとテンション高いけど、今日はなんか特別だな」

と。幾分小声の二人なのだが、通信が通っているのでタクルにも丸聞こえだった。

《Aチーム、応答しろ！　ボットからの信号が消失したぞ！　何があった、おい！》

「呼んでるぜ、占田さん。どうする？　なんかに利用するか？」

「ここまでやっちまったんだ、下手な小細工は必要ねぇ。それより、地下に降りたらクラリスとの通信は使えなくなるかもしれねぇ。工場はぶっ壊したが他に要望はあるか？」

《無事に帰ってきてください。天国までは取り立てに行けませんので》

「ハッハァ！　悪いが俺が行くのは地獄だぜベイビー。良い子は来ちゃいけねぇところだ」

《だから、借金を踏み倒すなって話ですよ！》

「わかってるって、死んだらセーラを連れて帰れねぇからな」

　タクルはエレベーターに乗り込むと、天井のメンテナンスハッチを殴って吹き飛ばした。

「ミリィは上に隠れてろ。下に着いた瞬間、集中砲火が来るぞ」

　言われた通りに登ったミリィが、逆さまに顔を覗《のぞ》かせる。

「占田さんは大丈夫かよ？」

「屋内で使えるような豆鉄砲なら、アイアンクラッドの敵じゃねぇよ」

　エレベーターの降下が止まり、ドアが左右に開く。

　果せるかな、ボットを盾にした兵士たちが扇状に、十数人、銃を向けて完全包囲していた。青紫色のダイアリーズではない。

店に現れた重装の特殊部隊だ。

　隊長格の男が警告した。

「残念だったな。ここから先にいるのは、引き金を引くことしか知らないシンジケートの雑魚ではない。ありとあらゆる状況での戦闘を想定し過酷な訓練を積んできた、軍の特殊作戦部隊だ」

「おうそうか。なら目の前にアイアンクラッドが現れた時の訓練もしてきたんだろうな？　俺は最前線で敵主力兵器を叩《たた》き潰《つぶ》す訓練だけしてきた正規戦闘歩兵だぜ」

　アイアンクラッドという単語を聞いた隊員たちが息を呑《の》んだ。

　もし事実なら。戦車や戦闘機と同じようにヴィトロムには通用しなかったというだけで、間違っても人間や、ボットが太刀打ちできる代物ではない。

　そんな動揺を、隊長は切り捨てた。

「ふざけるな、無駄金を喰《く》うだけのアイアンクラッド部隊などとっくに解散している！　装備が流出していたとしても前時代の産物だ！　これ以上の侵入は許さん！　そこで止まれ！」

「止まれじゃねぇだろうが!!」

　タクルは怒鳴り、エレベーターから一歩踏み出した。

「てめぇらが止めるんだぜ、この化け物をな!!」

④

広く薄暗い空間の壁面に、人間が入るほどの大きさの、いくつもの強化ガラス製シリンダーが埋め込まれている。そんな研究室の最奥の壇上に、手術台に拘束されたセーラの姿があった。

「私をどうするつもり……!?」

「フン、自業自得だ。貴様が逃げたせいで、この研究プラントが政府に嗅ぎ付けられる可能性が出てきた。その前にプロジェクトの完成を急がねばならなくなったのだ」

そう述べたリュウ少佐の背後では、白衣姿の技術者たちが機材のセットアップと調整を急いでいる。

「お父さん！　この研究は何なの!?」

白衣姿の中にいる、まだ四十歳前後の若きプロジェクトリーダーが振り返った。

「すみません、セーラさん……！　僕は父として、科学者として、セーラさんのことを失うわけにはいかないんです……！」

「私は私のことなんかどうだっていい！　私はお父さんに、犯罪者の仲間になんかなって欲しくない！　悪人なんかの子供として生きるくらいなら、今ここで舌を噛《か》んで死んでやるわ！」

「っ……、セーラさん……！」

我が子から最後通牒《つうちょう》を突きつけられたライハルト・フロイスは、親としてただ呻《うめ》くしかできなかった。

それをリュウは鼻で笑う。

「フン。お嬢様はまったくもって躾《しつけ》のなっていない親不孝者のようですな、フロイス博士。家出はする、門限は守らない、スラムのゴミクズどもの仲間になる……とんでもない不良娘だ」

「ふざけないで！　こんな場所、私の家でもなんでもないわ！　赤の他人が親子の関係に口を挟まないでくれる!?」

吠《ほ》えるセーラを、リュウが振り返った。

「貴様、自分がそんなわがままを言えるような存在だと思っているのか？　そもそも魔女とはいかなる存在か、知っているのか？」

「どう、って……地球外生物兵器のヴィトロムと戦うために選ばれた、ヴィトロムを倒すことができる、特殊なサイキックスキルを持つ女の子たちでしょ……」

セーラが持つ魔女に関する知識は、一般的に知られるそれと大差ないものだった。

だが選ばれし少女たちに具体的にどういった素質があり、どのような基準をして選ばれるのかは保安上と軍事機密の観点から、未《いま》だ公にはされていなかった。

リュウは、そんなことも知らぬセーラの無知を嘲笑《あざわら》った。

「魔女とは即《すなわ》ち、ヴィトロムと同類のバケモノなのだ」

「なっ……」

セーラは絶句する。同類という言葉の真偽がどうであれ、命懸けで地球を救った少女たちに対し、リュウの言葉はあまりに辛辣だった。パンセックシュアルでのミリィへの態度もそうだった。

リュウはそんな侮蔑を込めた目と声で、続ける。

「なぜ魔女だけがヴィトロムを倒すことができると思う？　なぜならば魔女もまた、ヴィトロムのコアを埋め込んだ半ヴィトロムだからだ」

「っ!?　ヴィトロムの……コアを!?」

リュウは白手袋に覆われた拳を振りかざす。

「そうだ！　目には目を！　歯には歯を！　そしてヴィトロムにはヴィトロムを！　地球政府がヴィトロムに対抗するために完成させた、統率可能な理性あるヴィトロム！　それこそが……魔女、というわけだ」

「……そんな……。嘘《うそ》、でしょ……？　お父さん……」

セーラはその計画責任者であった父へ視線を彷徨《さまよ》わせる。

ライハルトは深い溜息《ためいき》の後、意を決して娘へと顔を上げた。

「残念ですが……今のリュウ少佐の言葉は全くのでたらめというわけではありません、セーラさん」

「そんな……」

「ヴィトロムを倒す方法は極めて限られています。戦略級核兵器同等以上の瞬間的な熱光線量で焼き払うか、ハイパーストラクチャーで構成される外殻の超周波振動数に同周波の振動数を共鳴させ共振破壊を起こすかです。けれども短期間に大量の増殖を繰り返すヴィトロムに対してその都度大量の核兵器を使用していては地球環境への負荷が大き過ぎ、その振動数を量子確率論的に変化させ続けるヴィトロムの外殻構造に対してそれをリアルタイムで観測、解析、フィードバックさせるというプロセスを必要とする自動兵器では周波数の調律に必要な演算量に対して搭載可能なエネルギー量が追いつかず、効率的なダメージを与えることができません。ですから僕たち人類はヴィトロムに対抗するためにヴィトロムを利用することでしか……ヴィトロムのコアを複製し、それを移植することでしかヴィトロムに対抗可能な戦力を手に入れることができなかったんです……」

「え……えっと」

　父がいっぺんに早口でまくしたてるので、セーラは頭の中を整理しようとしても追いつかなかった。

「……む……難しくて途中よくわかんなくなったけど……、ヴィトロムなのね？」

「そうです。言い方を変えれば……、そういうことになってしまいます……」

　力なく頷《うなず》くライハルトへ、セーラもまた力なくかぶりを振った。

「じゃあ……じゃあ私も、ヴィトロムになってしまったの……？」

「いえ、決してそういうわけではありません……！　セーラさんは地球を救うために戦ってくれた女の子たちを、元の身体に戻すために必要な存在！　いわばセーラさんこそが、最後の魔女なんです……！」

「私が……最後の、魔女……？」

　ライハルトは拳を握り締め、力説した。

「そうです！　うまく行けば人類のためにガールズアサルトに志願した女の子たちは、魔女になる前の元の身体を取り戻せるんです！　もちろんそれで彼女たちに戦前のような生活が戻ってくるわけではないかもしれません、けれども地球を護《まも》るために戦ってくれた彼女たちに平穏な人生を取り戻させること、それは子供たちを戦地へ追いやった罪深い科学者として、僕が必ず果たさねばならない責任なんです……！」

使命感を滾《たぎ》らせるあまり目を潤ませる父の姿。それはセーラが初めて目にした父の涙だった。

「わかってください、セーラさん……！　その……はずだったんです……！」

「はずだった、って……」

「……ヴィトロムコアはそれぞれの少女たちの遺伝子を取り込むことで肉体と融合しているために、取り除くためにはそれぞれの少女に応じた中和遺伝子を用意する必要があります。そのいかなる遺伝子とも超周波適合するラジカル塩基対を持ったマルチプル遺伝子が、……今、セーラさんの中にあります」

「私の……じゃあ、私に施された手術っていうのは……」

息を呑《の》むセーラへ、ライハルトは頷いた。

「マルチプル遺伝子の一時的な母体となってもらうためのものです。ですが、マルチプル遺伝子はその適合の自由度から、使い方を誤ればヴィトロム以上の怪物を生み出すきっかけにもなりかねない諸刃《もろは》の技術です。いいですか、セーラさんが怪物というわけではありません。あくまでセーラさんの中にある遺伝子が悪用された場合の話です。そして……それを悪用しようとしているのが、クーデターを企てているこのリュウ少佐の一派ということです……」

長々とした説明を黙って聞いていたリュウは、不敵に笑う。

「悪用などと人聞きの悪い言い方はやめて頂きたい、フロイス博士。私は善意から人類の進化発展を望んでいるに過ぎないのだからな」

セーラはそれを身勝手な言い分としか思わなかった。

タクルやミリィを殴り、ママたちを暴力で脅し、パンセックシュアルが火に包まれる姿を見ていたからだ。

「あなたが望む進化って何……？　静かに一生懸命暮らしていただけの、なんの関係もない人たちを犠牲にすることの、何が善意なの……？」

「愚問だな」

リュウは長靴の踵《かかと》を高らかに鳴らし、拘束されたセーラへと歩み寄る。

「二年前のあの愚かな戦争によって、地球は核兵器の使用による放射能に塗れ、それを除去するための除染剤に汚染され、地域によっては未《いま》だに醜いヴィトロムが闊歩《かっぽ》している。陸地面積の七割がまともに人間の住める環境ではなくなったと言われるこの世界に……今、足りないものが何か。わかるか」

「えっと……アルコロジー！　とか……？」

アルコロジーは自己完結型の完全環境都市だ。放射能と除染剤まみれの地域でも、アルコロジーの中であれば安全に安心して生活できる。

「自信満々に答えておいてとかとか付け足すな愚か者め！」

リュウは手を振りかざした。

「この世界に足りぬもの！　それは美しさだ！」

「え……。……ええ～っ……？」

驚きに丸めようとした目を、次の瞬間には怪訝《けげん》に細めたセーラへ、リュウは真顔で詰め寄っていく。

「過酷な自然環境に負けることのない、美しく強靭《きょうじん》な肉体を持つこの私のような者こそがこれからのこの地球の支配者に相応《ふさわ》しい！　……そうは思わないか？」

「あ……あなたは、間違っているわ……！」

「フン、どう思おうとも貴様には、そんな新人類のイヴとなってもらう。ヴィトロムのような喰《く》らうだけのバケモノではなく、魔女のような半端な失敗作でもない。この私のように完璧な強さと美しさを兼ね備えた、完全なる新人類の母になるのだ！　そしてそのために必要なのが、貴様の胎内で生成されているマルチプル遺伝子というわけだ……！」

磔《はりつけ》となっているセーラの下腹部に、いくつもの手術器具を備えたロボットアームが迫る。

「っ……!?」

セーラは歯噛《はが》みして懸命に身体を揺するが、鋼鉄の拘束具は少女の力でどうにかなるようなものではなかった。

ライハルトは他の研究スタッフから銃を突き付けられ、操作パネルに近付くことすらできない。

「安心しろ。父親の手前、最初に麻酔くらいは打ってやる」

リュウが制帽の下にサディスティックな笑みを浮かべた、その時。

デリケートな研究作業を行う性質上、防音、防振が完璧に整っているはずの地下施設に爆音と振動が響いてきた。

その不快な音にリュウが苛立《いらだ》たしげに振り返る。

「人類が新たな一歩を踏み出そうというこのときに、何事だ!?」

コントロールルームにいる研究員が声を上げた。

「しっ、侵入者のようです！　リュウ少佐！」

「馬鹿を言うな！　中央がもうこの場所を嗅ぎ付けたとでも言うのか!?」

「い、いいえ！　報告によれば、敵は二人組！　ですが装備と練度が高く、警備部隊はすでに壊滅！　ボットも五機が破壊され、予備の機体をセットアップする時間も……！」

「ダーティーワーク専門の非正規戦闘部隊をたった二人でだと!?　中央にもそれほどの手《て》練《だ》れはいるものか……一体何者だ!?」

ズドン!!

銃弾も防ぐ入り口の自動ドアが一撃でひしゃげ、弾《はじ》け飛ぶ。

蹴破ったのはパステルピンクの塗装を無数の銃弾で削《そ》ぎ落《お》とされ、それでもなおヘルメットのレーダーカメラを真っ赤にギラつかせた一騎のアイアンクラッドだった。

「よう、また会ったな少佐殿……うちの見習い店員を返してもらいに来たぜ！」

6　メルヘン

①

「ヒーローのご到着だ！　大丈夫か、セーラ⁉」

アイアンクラッドの後ろから姿を現したミリィに、セーラが目を丸くした。

「ミリィ⁉　どうしてここに⁉　じゃあひょっとして、その中の人……占田さん⁉」

「話はあとだ！」

タクルはバイザーディスプレイの表示に従いライフルを構え、セーラに迫っていた手術用ロボットアームを基部から撃ち抜いていく。爆音と破砕音に、非戦闘員である白衣のスタッフたちは我先に持ち場を投げ出し、ラボの外へ逃げていく。

「俺はこの長髪野郎を抑える！　ミリィは早いとこセーラを助けてやってくれ！」

「わかった！　ったく、女の子をあんな風に身動きできなくしやがって！　セーラ、もう安心していいぜ！」

「させるかァっ！」

ミリィの行く手めがけて抜刀したリュウに、タクルは体当たりを敢行する。

「てめぇの相手はこの俺だッ！」

そのままタクルが、リュウに覆《おお》い被《かぶ》さるように倒れ込むと、ずしん、と重い衝撃が研究室に響き渡った。

「中身も含めりゃ総重量三百キロのタックルだ！　無事じゃすまねぇ！」

質量、速度、共に大型バイクに撥《は》ねられたようなものだ。

だがリュウは頭から制帽を落としこそすれ、顔には微塵《みじん》も苦痛を浮かべてなどいなかった。

「フン、馬鹿め！　この私を並の人間だと思うな！　ぬんっ!!」

マウントを取り完全に抑え込もうとしたほんの束《つか》の間《ま》、アイアンクラッドの重心の移動を読み切ったリュウは、拘束しようとしたタクルの股下からすり抜けた。

「マジか!?　なんて野郎だ……！　闇闘技場のチャンピオンてのはそういうもんなのか……!?」

リュウは颯爽《さつそう》と立ち上がり、間合いを取った。

そして長髪を逆立てんばかりの怒気を孕《はら》ませる。

「貴様ぁ……！　よくもこの私にいやらしく抱き着きあまつさえ欲望のままに組み敷こうとしたなこの穢《けが》らわしいオスブタがあッ!!」

「うるせえバカ誰が好き好んで男になんか飛びつくか!!」

「じゃあ女になら飛びつくのかよ!?」

「そういう話をしてるんじゃねぇんだよ！」

ミリィに釘《くぎ》を刺したタクルは、刀を抜いたリュウと対峙《たいじ》する。

「それより、セーラはまだ助けられねぇのかッ……!?」

「んなこと言ったってこの手術台みたいなのすげー頑丈なんだよ！」

白衣姿で一人だけ残っている気弱そうな眼鏡の男が叫ぶ。

「や、やめてください、君！　無理に外そうとしちゃいけません！　高圧バリアで弾かれてしまいます！」

「何だあのオッサン、リュウ少佐の仲間か!?　ひょっとしてアイツ殺した方が早いか!?」

拳銃を向けようとするミリィに、セーラが慌てて否定した。

「ごめんなさいミリィ、あれが私のお父さんなの！　魔女……ガールズアサルト計画の、開発責任者……！」

「マジか!?　……あんまりオーラねーな」

　そのライハルトが気付いた。

「そうか、君は魔女なんですね!?　いいですか、セーラさんは君たちの身体を元に戻すための鍵なんです！　リュウ少佐はそれを軍事転用し、政府に対してクーデターを仕掛けるつもりです！　いま私の方でロックを解除しますから、どうか娘を助けてやってください……！」

「ベラベラと余計な口を！　ええい、セーラ・フロイスとマルチプル遺伝子が手に入った以上、もう貴様に用はないフロイス博士！　死ねぃ！」

「だからてめぇの相手はこの俺だッ！」

　タクルはライフル弾を放った。

　リュウは銃声と同時、その弾丸を音速のような抜刀術で払《はら》い除《の》ける。

「外し……いや、外してねぇ……！　マンガじゃねぇんだぞッ！」

　まぐれではない証拠に、リュウはタクルが撃った二発目、三発目、それ以上の対装甲ライフル弾を。

「ふん！　はッ！　たぁッ！　きぇあッ！」

リュウは弾丸を全て刀一本で切り払った。

「呆《あき》れた野郎だ……、生身でアイアンクラッドと戦えるってのか……？」

銃が通じなければ、どうするか。弾丸さえ切り裂けるほどの斬撃となれば、このアイアンクラッドの装甲をしても防ぎきれるかわからない。

そのとき、ライハルトが叫んだ。

「管理者権限……⁉　そうか、施術シークエンスに入ったせいでセーフティーが働いたのか……⁉　リュウ少佐のキーカードがないと、セーラさんを解放できない……！」

「ってことはどっちみち、この野郎倒すしかセーラを助ける方法はねぇってことか。てめぇ、サイボーグか？　サイキックか？」

タクルはリュウに尋ねてみるものの、アイアンクラッドのセンサースキャナはそのどちらの反応も捉えていない。刀にも何らかのエネルギー判定は出ていない。アイアンクラッドに対しての脅威度として判定がなされていない。

「そのような無粋なものと一緒にされるのは心外だな。私は人間だ。……ただ、普通ではないというだけのなぁ！」

湖面に揺らめく月影のように薄い笑みを浮かべたリュウが、構えを変える。

「それほど死に急ぎたいなら、貴様から先に屠《ほふ》ってやろう、薄汚いピンクのブタめ！　ビユーティー流剣術は醜く野蛮な武術などではない！　ただ美しさのみを追求した結果、皮肉にも勝利という最上美に至った無形の文化財なのだッ!!」

（ッ!?）

バイザーディスプレイからリュウの姿が掻《か》き消《き》えた。アイアンクラッドに備えられた四種十六波長のセンサー全てがリュウの存在を捉え損ねる。

次の瞬間、ごしゃっ、と重い物が足元に散らばる音でタクルは我に返った。

手にした武器、背負っていた武器の全てがその一瞬で切り裂かれ、床の上に散らばっていた。思わず自身の無事を疑ってしまう。

「フハハ！　いいぞ！　自分の四肢が切り落とされ、内臓でもぶちまけたと思ったか？　醜いブタにはそうして怯《おび》える様こそがよく似合う！　フハハハハハハッ！」

「この野郎……！」

「もういい占田さん、交代だ！　あんたがセーラを助けろ！　あたしがそいつをブチ殺してやる！」

そんなミリィの声のおかげで、タクルは冷静さを取り戻す。

「大丈夫だ。いいからミリィは友達のそばにいてやれ」

武器は全て剝《は》がされたが、アイアンクラッド自体に異常はない。嘗《な》められているのだ。

　そんなタクルに、ミリィが舌鋒《ぜっぽう》鋭く警告する。

「けど、そいつの強さは異常だぞ……！　いくらアイアンクラッドが強くっても……！」

「勘違いすんな、俺の話じゃねぇよ。こんな自信過剰な男がミリィみてぇな女の子に負けたなんて言ってみろ。ショックで死んじまうかもしれねぇだろうが。ミリィだってそんなつまらねぇ弱い者イジメするために魔女になったわけじゃねぇだろ？」

「貴様……」

　まんまと癪《しゃく》に障ったらしいリュウが吐き捨てる。

「ブタが。この私が弱いと言ったのか？　この私を気遣ったつもりか？」

　タクルはヘルメットの中でせせら笑っていた。

（へっ、さっそく喰い付いてきやがった……そりゃそうだ、コイツはさっき俺を殺さなかった。勝ち負けよりも圧倒的な力の差をひけらかして、人がひれ伏して命乞いする姿を見たいってだけの真性野郎だからな……）

「アイアンクラッドなどという時代遅れのブリキ缶で、己が強くなったと勘違いしているとは哀れなものだ」

　怒りに青ざめたリュウに対し、タクルは前腕部プロテクターに内蔵された超々硬ハイテンスチール製のスリーブカッターを振り出す。ハリネズミのように武装可能なアイアンクラッドの装備の中では飽くまでも補助的な作業用ツールに過ぎないが、戦う意思をアピールするには充分な形状だ。

「言ってろよ色男。美しいか醜いか、勝ちか負けかでしか世の中が見えねぇてめぇじゃ、俺には勝てねぇぜ。何せ俺は負けたくねぇだけだからな」

「……言葉遊びは終わりだ。ブタは死ね」

リュウが刀を構えた。先ほどともまた違う構えだ。

（ボムスーツを真似《まね》たこのアイアンクラッドのナリを見て、クビを落とそうってはずがねえ……！）

タクルは脇を締め、ハイテンカッターを構える。

首周りは胴体と同じ太さに見えるほどの、分厚いネックガードに覆われている。ひょっとしたらリュウの刀捌きであればそれすら関係なく断ち斬ってしまうかもしれないが、この男の性格からそれはないとタクルは踏んだ。

ブタなど、即死させなければならないような驚異ではない。そう侮っているに違いない。同じ殺すでも即死させるのではなく、後悔に泣き叫びながら藻掻《もが》き苦しむ様を笑いたいと思っているはずだ。

「おら、来いよハンサムボーイ……ブタの悲鳴を上げさせてみろ！」

「ほざくな！　ビューティー流剣術奥義！　――マッハ流星突ッ!!」

まさに音速をも超える速度で、リュウの切っ先が迸《ほとばし》った。

②

切っ先が、タクルの鳩尾《みぞおち》めがけ突き刺さった。

瞬間。


パンッ!!


「なにぃいいっ……!?」

起きた結果にリュウが叫ぶ。

「この私の音速の突きに対して、白刃取りだと……!?」

タクルはリュウの刺突に対して、刀の腹を両手の平で挟み込む、いわゆる白刃取りを行った。金属装甲付きの掌底に挟み込まれた刀身は一瞬の摩擦で赤熱している。

そして恐るべきことにその切っ先は、それでもアイアンクラッドの分厚い正面装甲を貫き、タクルの肉を破り骨にまで達していた。

だがタクルはそれが臓腑《ぞうふ》に達する間一髪で勢いを殺し、押さえ込むことに成功した。

刃の軌道さえ限定させれば。アイアンクラッドの性能をフルに引き出せるタクルからすれば、決して無謀な行動ではなかった。

「有り得んッッ……！」

「有り得ねぇのは、生身でマッハなんか出しやがるてめぇの方だっ！」

比喩ではなく、アイアンクラッドのセンサーはリュウの動きに対して音速を計測していた。

タクルは合わせた両手を捻《ひね》り、刀をへし折る。すかさずアイアンクラッドの重い膝でリュウの体を蹴り上げ浮かせ、足が地に着かず身動きできぬ隙に殴り付ける。

「ぐはっ……!?　きっさまぁ……よくも……よくもこの私の美しい顔にぃぃッ……！」

吹っ飛び、血の流れる口の端を拭い、立ち上がったリュウが、今度は目にも留《と》まらぬ速さで殴りかかってくる。堂に入った構えの美しい拳術は、ライフル弾でも豆鉄砲ほどの衝撃しか伝えぬ装甲を、重く大きく揺さぶってくる。

「うるせぇ！　何が美しさだ！」

　タクルはすくい上げるようなボディブローを見舞う。リュウのガードは間に合ったが、アイアンクラッドのパンチはその上からでもリュウの体軀《たいく》を浮かせ、再び吹き飛ばす。

「ぐほぁっ……！　っく……！」

　並の人間ならとうに骨が砕け、起き上がれぬようなダメージを受けてなお、闇闘技場の最年少チャンプは立ち上がった。

「ぐふっ……！　……より美しいものを愛好し、選択するのは人類が持つ本能だ！　だから人間は美しい地球を愛し、美しい生存環境を守ろうとする！　醜いことは人類として、いや、美しい地球に住む生命としての悪なのだ……!!」

「ふざけんじゃねぇ！　だから見た目の悪いやつは死ねってのか！　生きる価値もねぇってのか!?」

「そうだ！」

「そうだじゃねぇ!!」

　タクルの単純な反論と感情任せのゲンコツが、リュウの顔面を重く、鋭く捉えた。

　さすがのリュウも度重なるダメージから、最初の俊敏さは失われていた。

「がふぁっ……！　あ……ぐ、う、美しい私が美しかった地球を取り戻し、それに相応《ふさわ》しい美しい新人類を支配する……！　その何が間違っているというのだ……！」

　タクルは倒れ込もうとするリュウの、顔から流れた血で染まった軍服を捕まえ、引き戻す。

「そんな見た目だけで判断してりゃあ、見えねぇことがわからなくなって当然だ！　いくら見た目が良くてもな、てめぇみてぇな上辺しか見えねぇやつばかりで世の中が回るはずがねぇ！　見た目がどうでも頑張ってるやつはたくさんいるんだぜ！」

「ブリキの鎧《よろい》がなければ、戦えもしない軟弱な……ブタがァ……！　まだだぁ……！」

　なお打撃を叩《たた》き込もうとするリュウを、タクルはもう一度殴り付けた。

「ああそうだ、俺一人じゃ何もできねぇ！　だがこのアイアンクラッドはな、ママ・マッスルが街の安全と平和のためにと、ジャンクパーツ掻《か》き集《あつ》めて作ってくれたもんだ！　あんなゴミみてぇな街でも生きてる人間がいて、それを守ろうって思いやれる人間がいるんだ！　てめぇは今その優しさに負けたんだ、わかるか!?」

「まだ……だぁ……！」

　もう一度殴り付け、立ち上がれぬよう殴り倒す。

「綺《き》麗《れい》な社会や綺麗な世界ってのは、心の綺麗な大勢が頑張ってできるもんだ！　それしか方法はねぇ！　それ以外の道なんてねぇ！　あっても俺は信じねぇ！　誰かを犠牲にしたり、利用したりしてできたようなもんはな、いくら見てくれが良くても見えねぇ部分がどこかで歪《ゆが》んでやがるんだ！　歪んで歪んで歪みきった結果がこの前みてぇな戦争だったんじゃねぇのか⁉」

「……ッ……」

リュウは、朦朧《もうろう》とした様子だったが、何かに気付いたか、あるいは何かを思い出したように瞳を揺らした。

立ち上がろうとした足を己の流した血で滑らせ、そのまま跪《ひざまず》く。

「……ブタが……美を語るな……」

「まだ言うか……。なかなか大した野郎だな」

「だが……」

「……あ？」

「……あの美しかった地球でさえ、見えぬ何処《どこ》かが歪みきっていた……。それは……、事実なのだろうな……」

虚《うつ》ろに呟く彼には、彼なりの戦前があったのだろう。

そして彼なりの何かを思いながら戦禍を生き、今日までの戦後を過ごしてきたのだろう。

ギラついた凶気を失ったリュウの目には、そうした過去を負った者特有の。つまりはあの戦争を生き延びた誰もが持つような、寂れた色が浮かんでいた。

「フッ……醜く歪んだブタ故に歪みの醜さを知る、か……」

「ケンカ売ってるなら立ちやがれいくらでも買ってやるぞこの野郎」

「そんな大層なもの着たまま無抵抗の相手にイキがるなよ占田さん」

ミリィは横合いからリュウを蹴って転がすと、懐からキーカードを取り出し博士の方へ放った。

リュウはもう、抵抗らしい抵抗も見せなかった。

「……フン……魔女のガキが。この私をブチ殺すのではなかったのか……？」

「てめーも負けたくせになにイキってんだよ。殺しやしねーよ。お前のことは気に入らねーけど、あたしらはお前みたいなクズと違う、正義のタマガー騎士団だからな」

そして、ようやく施術台から解放されたセーラがライハルトの腕に飛び込んでいく。

「お父さん……！」

「セーラさん……！」

タクルはようやく一息ついた。

「やれやれ……めでたしめでたしだな」

「そうだな」

ミリィが親子の再会を眺めながら、誰へともなく、しかしまんざらでもなさそうに言った。

「あたしたちはさ、ああいう子たちのためにあの戦争を戦ったんだよ。あたしら……魔女はみんな、家族をなくした子たちばっかりだったからな。家族がいる子たちにはさ、みんなあんな風に笑って、ああなって欲しいんだよ」

タクルは頷《うなず》いた。

「ああ。わかってるさ。このリュウ少佐みてぇにわかってねぇやつも大勢いるだろうがな。わかってる人間の方が、世の中にはずっとたくさんいるはずだ」

ずず、ん！

「なんだ、爆発か……!?」

足元に伝わるほどの振動に、タクルは音のした方に聴音センサーを指向させる。

「いや……、爆発ってよりこれは……何かをぶっ壊して砕いてるような……」

それが徐々に近付いてきている。

何かに気付いたミリィが大声を上げた。

「下がれ！　下がれ！　下がれっ！　早くっ！　壁から離れろっ！」

ドゴォッ――!!

合金製の分厚い壁に穴が空いた。ラボの中に侵入してきたのは、巨大な腕。大人でも抱えきれぬような太さで、しかし金属のような銀色の光沢を持った、人の腕の形。

「なっなんだ!?　こいつぁ……！」

唖然《あぜん》とするタクルの横で、ミリィがマグナムリボルバーを構えた。

「やべーぞ占田さん……、コイツはヴィトロムだ……！」

地球外生物兵器。衛星軌道上から投下され、あらゆる有機化合物を活動エネルギーに変換し、増殖を繰り返し、ついには地球人口の半分を喰らった人類の天敵。

「なんでこんなところにそんなもんがいやがる!?　それに確かに銀色だがヴィトロムってのはもっとこう、ムシみてぇな、甲殻類みてぇなカタチをしてるもんだろ……！」

「あたしだって知らねーよ！　けどこの感じはそうなんだよ！　あたしはハズレ魔女だけど、前線にいた頃のことを忘れたわけじゃねーよ！」

「雛形《ひながた》だ、と言っていたっ……」

リュウは威容を見上げながら、愕然《がくぜん》と目を見開いていた。

「私が受け取ったのは、手の平に乗るほどの美しい胎児だった……！　それが新しい人類の雛形だと……！　間違ってもこんな……！」


ばちぃんどかぁん!!


「「「ッ!!」」」

もう一本の腕が、天井を叩《たた》き割《わ》って振り下ろされ、床を打ち砕いた。

そしてヴィトロムは、伸ばした両腕の間にある壁を、抱き抱えるようにひしゃげさせていく。ひしゃげた壁が向こうに消えていく。まだ目も開かぬ赤子のような顔をした、しかし二本の腕よりも巨大な頭が、ミルクではなく瓦礫《がれき》を、歯も生えぬ口に押し込み貪り喰っている。

「こんなっ……醜悪な怪物ではなかったはずだっ……！」

巨大な赤ん坊に向かって髪を振り乱すリュウの言葉に、ライハルトが目を見開いた。

「リュウ少佐……!?　まさか、君という男は……セーラさんの遺伝子をヴィトロムと融合させるつもりだったんですか……!?」

「お父さん、どういうこと……!?」

そう尋ねるセーラをライハルトは掻《か》き抱《いだ》くようにして、少しでもヴィトロムの姿から遠ざけんと後退《あとずさ》りする。

「セーラさんの持つマルチプル遺伝子を人間にインプラントしても、人間の遺伝子と馴染《なじ》むだけです！　それだけじゃリュウ少佐の望むような完璧な新人類や、クーデターの戦力になるはずがありません……！　けれども……そもそもがラジカル塩基対で構成されるヴィトロムの遺伝子に移植したとなれば、話は別です！　ただでさえ回復力と増殖力に優れたヴィトロムの生命構造に、一体どのような進化がもたらされるか……僕には想像もできません……！」

リュウは歯噛《はが》みする。

「そう、人類はついに神の智慧《ちえ》を手に入れる……！　生命をコントロールできるのだと……そう、聞かされたのだ！　だから私は美しい人類のためにっ……！」

ヴィトロムの、眉も睫毛《まつげ》もないカエルのような両目が開き、皮膚も爪もない筋繊維剝《む》き出しの指がリュウを指差した。そして顎を開く。

《その通り。ビューティー君にはこの子が人間型の新型ヴィトロムだということは伝えていなかった。だからそのことについてビューティー君を責めるのはお門違いというものじ

ゃないかな》
聞こえてきたのはその巨体からは想像もつかぬ、軽薄な声だった。

③

リュウは叫んだ。

「その声っ……まさか貴様、『じょりすてぃっく』か……!?」

《ぴんぽーん♪　せーいかーい♪　と言ってももちろんこれが私自身ってわけじゃなくて、今はこの子の体を使って喋《しゃべ》らせてもらっているだけなんだけどね》

ラボに設《しつら》えられた、誰も操作していないはずのスクリーンに、軽薄な声に良く似合う女の姿が映る。

《初めまして、スーパーハイパークラッカーのハンドルネームじょりすてぃっくでーす。仕事は自宅の警備と深夜アニメの品質検査、趣味で地球政府関係へのクラッキングやってまーす》

目より上はサイバーゴーグルで隠しているが、歯を見せて笑っている。長い金髪を三つ編みにした、そういう若い女だった。薄手のパジャマを羽織り、スレンダーを通り越してやつれた様子の薄い胸元をはだけている。後ろに映っている部屋のベッドには、脱ぎ散らかしや、スナック菓子の袋や箱が散らかっているのが見える。

　そしてスクリーンの中の彼女がリュウを指差すと、その動きに連動するように、赤ん坊型ヴィトロムの巨大な指もリュウを指差した。

《でも君に伝えたことは事実なんだよビューティー君。この子は地球政府をひっくり返すくらい最強の兵器になることも、天使のような最高に美しい存在になることもできた。でも君は失敗した。私は全ての証拠をお片付けするために、この子のやる気スイッチを入れなくちゃいけなくなった。最初に食べるのはセーラちゃんのお腹《なか》のナカのものじゃなきゃいけなかったのに、そんな素敵な未来は摘み取られてしまった。赤ちゃんみたいに手当たり次第に口に入れる、ただの人間型ヴィトロムになってしまった。こんなに大きくなってしまったら、もう元の目的には使えない》

「き……貴様っ……！　あの胎児がヴィトロムだと知った上で、この私を謀っていたのかあッ……！」

　歯ぎしりするリュウにタクルは尋ねた。

「この女は何モンだ⁉　てめぇの仲間なのか、リュウ少佐……！」

「フン、こんな見窄《みすぼ》らしい女が仲間なものか……！　『マルスの影《シャドウ・オブ・マーズ》』……という組織を名乗っているが、大方、月火星同盟《ルナマーズ》軍の残党といったところだろう……！」

　ミリィがぎょっとした。

「ルナマーズって思いっきり敵じゃねーか⁉　なんでそんなのと仲間なんだよ⁉」

「知らん！　そうだろうというだけだ！　目的のために利用できれば、歯車の素性など私の知ったことではない！」

　先の戦争で地球が対立した相手。

　それは植民星として扱われていた、月と火星に住む人々だった。重力差による輸送燃料費の不平等と貿易摩擦で関係が悪化していた月と火星は自由と独立を求め、対する地球政府は次第に過激化する独立運動にテロ活動のレッテルを貼った。そして植民星同士で手を取り合ったものが月火星同盟であり、月火星同盟軍が開けたパンドラの箱から出てきたものが、『試験管の中の全て《インヴィトロオーム》』。即《すなわ》ち、ヴィトロムであった。

　リュウに対し、じょりすてぃっくを名乗る若い女は皮肉っぽく笑いかけた。

《そうやって他人を利用しようなんて考えている人間こそが、最も他人から利用されやすいということだよ。その自覚があればこそ共生という形も成り立つのに、美しさなんてものに溺れた君にはその自覚すらなかった。君は最初っからただ利用されるだけの存在……いや、こうして失敗した以上はもう利用する価値もない役立たずというわけだ。そもそも私は最初から君のことが好きじゃなかったしね》
「お、おのれぇぇぇっ……じょりすてぃっくぅぅう……！　質実剛健才色賢美を体現したこの完璧な私の、一体何が不服だというのだぁッ！」
　じょりすてぃっくは、冷たく吐き捨てた。
《私は長髪の男なんてものは二次元しか認めない》
　じょりすてぃっくはリュウを指差し、もう一度冷たく吐き捨てた。
《いいか、私は長髪の男なんてものは二次元でしか認めないんだよ。ロック歌手とかはまあいいけどお前はクソキモい》
「貴様のねじ曲がった嗜好《しこう》など知ったことではない！　私に手を貸せ！　ここにいるブタどもを薙《な》ぎ払《はら》うのだ！」
　そんなリュウの必死さを、じょりすてぃっくは嘲笑《あざわら》った。
《やだね。この子は元には戻らないのに、自分だけやり直したいなんて、そんな血だらけの顔で助けを乞うビューティー君なんて美しくもなんともない。君はもうビューティー・リュウでもなんでもない、普通のリュウ……ノーマル・リュウだ！》

「うぐッ!!」

ビシィ!!　と稲妻にでも打たれたようにリュウは目を見開き、心臓に発作でも起こしたように硬直し、アイデンティティが崩壊でもしたかのようにその場に倒れ込んだ。

それを見たじょりすてぃっくが、画面の中でくつくつとさもおかしげに喉を鳴らす。その喜ぶ声が画面ではなく、ヴィトロムの口の中から響いてくる。

喰《く》らうだけの存在でしかないはずの無機質なヴィトロムが、あたかも感情を露《あら》わにしているかのようなおぞましさがあった。

《……く、ふふ。ザマア。クソザマア。計画が頓挫したのは残念だけど、毎日明るく自信を持って生きている人間が挫折するザマほどご飯が美味《おい》しくなることはない》

「リュウ少佐もクソだが、こいつもまた違うタイプのクズみてぇだな……」

そう言ったタクルへ、ひとしきり笑ったじょりすてぃっくが顔と声を向けた。

《そういう君はサイボーグ？　アンドロイド？　ま、男なんて興味ないからどうでもいいや。私の計画を台無しにしてくれた罪、死をもって償ってもらおう！　アッハ、言ってみたかったんだよねこのセリフ！　可愛い魔女ちゃんまで巻き添えにするのは心苦しいけど、仕方ない！》

ヴィトロム・ベビーが地響き立てて壁の穴の中から這《は》い出《だ》してくる。穴の奥から現れた

下半身はもはや人の形にすらなっておらず、あたかも内臓を引《ひ》き摺《ず》るような有様だった。生物としても、兵器としても、およそ不完全な人の形が、赤子のような巨大な手を持ち上げる。

《さようなら、死ね！》

　持ち上げた手を、タクルたちがいる場所めがけ、その巨体からは予測もつかぬ速度で振り下ろす。間合いを詰めたタクルは、ベビーの手の平の厚いところを、交差させた両腕で受け止めた。

「ぐっ!!」

　空から降ってきた大型トラックでも受け止めたような衝撃に、それだけでアイアンクラッドの関節各部がオーバーリミットし、蒸気と火花、白煙と黒煙を噴き出す。バイザーディスプレイがアラートで真っ赤に染まる。

「っみ、みんな早く逃げろッ！　もう持たねぇッ！　次が来てももう防げねぇ……！」

　潰されるかと思ったが、潰れなかった。だがフレームが軋《きし》み、悲鳴を上げている。生きているだけ儲《もう》けもののような状態だ。

「みんな急げ！　占田さんが持ちこたえてるうちに！」

　ミリィはタクルの言葉に従って恐怖に立ちすくんでいるフロイス親子を突き飛ばし、リュウの身体をベビーの手の平の下から放り出した。

《無駄無駄、逃すものか！》

だがタクルを押し潰さんとする手の、その指の一本一本がさらに腕として分化し、フロイスやセーラ、リュウを捕まえようとグロテスクに伸びていく。

《まず君たちにはここで消えてもらう！　その後はこの施設に残っている警備スタッフや研究職員！　それからこの施設！　私が干渉した証拠が消えたら、あとはこの子に風の吹くまま気の向くまま、破壊の限りを尽くしてもらうつもりだよ！　くふふ、うまく行けばスーパートーキョーくらいは倒せるかもしれない！　理想にイカレたリュウ少佐一派のクーデターとしてね！》

「させるかッ!!」

ミリィは両手で構えた銃を目にも留《と》まらぬ速さで連射した。

放たれた弾丸はプラスチック弾だ。しかしミリィの魔女としてのチカラが込められた魔法の弾丸は青白い火花を奔《はし》らせ、タクルを押し潰しつつある数トンはあろうかという重量を跳ね上がらせた。

タクルはミリィに秘められた、普段見ることのない魔女としての力に目を見張った。

あの日あの時、仲間たちと見た、機密機関の少女らの姿を思い出す。

「やっぱすげぇな……魔女のチカラってのは……！」

「大丈夫か、占田さん!?」

「いや、だめだ……せっかく助けてもらったのに悪ぃが、駆動系が完全にイカレちまって動けねぇ。イジェクターも作動しねぇ。俺はいい、ミリィはみんなを連れて……」

「うるせーバカダメに決まってんだろ！　そういうのは前線で聞き飽きてんだよバカ！」

　スピードローダーでリボルバーの弾丸を入れ替えたミリィが、再び伸びてくる手の平を銃弾で弾きながら、タクルの体をアイアンクラッドごと引き摺る。しかし三百キロだ。逃げると言っても、魔女のチカラをもってしても遅々たるものだ。

「くそっ、このデカブツ相手じゃこんな豆鉄砲通じねーかっ！　ハズレのあたしじゃ、もう……！」

　ミリィが撃つたびに、銃弾の弾く力は、青白い光の輝きと共に弱まっていく。

　タクルを引き摺る力も、ガス欠になったトラクターのように弱まっていく。

《あっは！　一生懸命な魔女ちゃん可愛《かわい》い！　可愛いなぁもう！　……でも残念、君には夢見る《メルヘン》力が足りなかったんだね？》

「足りなきゃ悪いのかよ！」

　ミリィはもはやタクルを引き摺ることもできず、そのまま足を滑らせ尻もちをつき、立つこともままならなくなっていたが、それでも叫んだ。

「あたしだって好きでハズレだったわけじゃねーっ！　ハズレじゃ人助けしちゃいけねーのかよ！」

《あっはは！　可愛い！　可愛いっ！　うふっ、いいよ！　じゃあ君に免じてもう少しだけ遊んであげようかな！　キラキラな男言葉のギャルが泣いて漏らすところとか、超見たい……！》

「いい加減にしてッ!!」

抑圧された気持ちの全てを吐き出すように叫んだのは、セーラだった。

④

「待ちなさい、セーラさん……！　待つんです……！」

ライハルトが手を伸ばす。セーラだけは、万が一にも敵の手に渡すわけにはいかないのだと。

だが、セーラは父親の制止を振り切ってヴィトロムの前に進み出た。

「お父さん！　私、ゴースト街でたくさんの人たちに迷惑をかけたの！　でもみんな、見ず知らずの私を助けてくれたの！　私もそういう人になりたい！　私を助けてくれた占田さんやミリィみたいに、私も誰かのために戦える人にならなくちゃいけない！」

「セーラさん……」

ライハルトは我が子の姿にそれ以上制止することなく、頷《うなず》いた。

「……そうですか。僕は仕事ばかりで何も構ってあげられなかったけど、セーラさんはとても良い人たちに出会えたんですね……」

「うん！」

この限られた屋内空間では、巨大なヴィトロムの手を横薙ぎにされればどこにいようと同じことだ。それをわざわざ、赤ん坊がはいはいするように上から手を振り下ろしてきた時点で、このベビーの威を借りた女は遊ぶつもり満々だったのだ。

「私の大切な人たちを怖がらせるのはもうやめて！　私の大事な友達をバカにしないで！　これ以上そんなことをするのは許さない！　絶対に許さないんだから！」

《くふー!?　いいね、いいね！　可愛い子がもう一人！　じゃあさ、許せないならどうする？　ニチアサの女児向けアニメみたく大事で大切なお友達を助けるために、セーラちゃんはくふふ、私みたいな超クッソ激烈意地悪なお姉さんに何を見せてくれるのかなぁ……!?》

じょりすてぃっくの、鼻息を荒くした気配がヴィトロムから伝わってくる。

「ミリィ、教えて！」

セーラは足元に転がっていた、半ばから折れたリュウの刀を取り上げ、型も何もなく正面に構える。

「ミリィは私のこと、友達だって言ってくれたよね！　だって私、魔女なんだよね!?　だったらヴィトロムと戦えるよね!?」

「っ……」

ミリィは一瞬だけ迷った。ほんの一瞬だけ、戦場にいたこともなかった友人を戦わせることを迷った。

だが、戦いたいというセーラの気持ちを選んだ。

魔女は戦う生き物だ。気持ちで生きる生態だ。

「……ああ！　戦える！　お前みたいに眼が光るやつは、大当たりだ……！」

陽炎《かげろう》のように、溢《あふ》れ出したメルヘンは激情に駆られたセーラの身体を取り巻き、眼光を揺らめかせている。

「私、サイキックみたいなチカラならわかるの！　逃げるときに、警備の人をやっつけるくらいしかできなかったけど……でも、それってヴィトロムにも通じるものなの⁉　超周波数とか、どうやって合わせるの⁉」

　ミリィは確信する。

「当たれば合わさる！　お前の気持ちをブチかませばいい！　それが魔女のチカラだ‼」

「ッ‼」

　セーラは折れた刀を振り上げた。

　まだ斬ろうともしていないそんな予備動作だけで、触れてもいないヴィトロム・ベビーの頭が殴り飛ばされ天井にめり込む。衝撃に、ラボ全体が地震のような揺れに見舞われ、照明が非常電源に切り替わった。

　次に大上段から振り下ろした一刀で、セーラのメルヘンを受け止めきれぬ刀は柄を残して弾《はじ》け飛び、ベビーの頭部が首元まで、縦真っ二つに裂けた。

《なっ……！　馬鹿な⁉　ふざけんな！　この子は今までのヴィトロムとは根本的に違う最強のヴィトロムなんだっ！　いくらなんでもあってたまるか！　たった一人の魔女にや

られるはずが……！》

「やあああっ!!」

セーラが柄だけになった空の刀を、力と想《おも》いの限り横に薙ぐ。

ずぱぁん――!!

ベビーの肩ごと首が落ち、地鳴りが轟《とどろ》く。

そして人間で言えば心臓の収まる辺りに、赤黒く煌《きら》めく結晶構造が露出した。

じょりすてぃっくの声は落ちた首からまだ聞こえる。

《なんてことだ！　セーラ・フロイスは、白雪姫やシンデレラのような大魔女なのか……!?　だけど……！》

「っひ……う……！　っあ……！」

そのときにはセーラも目鼻、口の端から血を流して、膝をつく。

《だけど、その様子ならさすがに！　この子の回復のほうが早いっ……！　ヴィトロム嘗《な》めんな……！》

せっかく露出したコアが、ずぶずぶと銀色の繊維に埋め込まれ始める。

「はあ！　はあっ！　っ、あれが、コア……！　私っ……、まだ……！」

セーラは気力だけでそれを睨《にら》み付けているが、立ち上がるには至らない。

ミリィは明るく言った。

「もういいセーラ、初めてなのによくやったな！　それ以上は無理するな、あとは……！」

ミリィは銃を握り締めたままの、感覚のない腕を持ち上げようとした。

（……くそっ……！　ハズレか！）

あと一発打ち込めば終わる。終わるのに、セーラは一撃であれだけのことをやったのに、たかが豆鉄砲を撃っただけの自分の身体が言うことを聞かない。

（こんな土壇場でもあたしはハズレのままかよ……！）

それが、突然、羽でも生えたように、ミリィの上がらぬ腕が持ち上がった。

「俺が狙いをつける……！」

「占田さん……!?」

「ミリィはミリィの、夢見る力をブチ込むんだッ……！」

タクルはもう倍力装置《サーボ》の利かないただ重いだけのアイアンクラッドを全身全霊、気合だけを使って動かし、ミリィの腕を持ち上げた。

照準が、驚くほどピタリと合わさり、ミリィは思わず笑ってしまった。

「ああ、ありがとな！　あんたやっぱりヒーローだぜ、占田さん……！」
銃弾に、メルヘンを込める。
《ふざけんな！　ふざけんな！　ちくしょうふざけんなよっ！　間に合わないのかっ……！》
銀の繊維が埋め尽くそうとした、あとほんの数センチの隙間を縫って、ミリィの放ったプラスチック弾はヴィトロムコアを打ち抜いた。

ピキィィィィン――！

悲鳴のような高周波音と共に、コアが砕け散る。ベビーを形作っていた繊維がバラバラと解け始め、菌糸体が溶けるようにその形を失っていく。
《……はぁ～あ……。いいよいいよ。あーあーはいはい、今回は私の負けだ。可愛い女の子たちだからって、ちょっとからかい過ぎちゃったかな。まあ可愛い子が死んじゃうところなんか私だって見たくないし、この程度なら想定の範囲内だ。むしろ可愛い女の子のかっこいい覚醒シーンとか見れて良かったよ。勘違いしてると悪いから先に言っておくけど、ぜんっぜん、悔しくなんてないんだからね》

負けを認めても冗長な女に、タクルは思わず呟《つぶや》いた。

「ちょっとは悔しがれバーカ」

《うっせバーカ悔しくないっつってんだろ話聞けよバカはお前だバーカ!!　大体なんでピンク色なんだよ馬鹿にしてんのかお前その子たちに手え出したら犯罪だからな未遂でもなんとか未遂って罪状で私が政府に通報するから条例で捕まって死ねバカッ!!》

じょりすてぃっくはヒステリックかつ早口に言うだけ言って、ぶつりと通信を打ち切った。

「なっ……。……なんて女だ……」

アイアンクラッドを動かせないタクルは、唖然《あぜん》と呟くしかできなかった。

あとにはヴィトロム・ベビーを構成していたものがヘドロのように残るのみだ。

「ま、いーじゃねーか」

チカラを使い果たしたミリィは、タクルの横で大の字になった。

「たった二人で乗り込んだにしては、上出来だろ」

だがタクルが答えるより先に、罵倒されたショックから立ち直ったらしいリュウが鼻を鳴らした。

「フン、どうかな……マルスの影の影響力はシンジケートは無論、軍属や政府高官にまで及んでいる。貴様はそれら全てを敵に回したのだぞ、ブタ」

が、タクルはさして気にもならなかった。

「知ったこっちゃねぇな。俺たちはただ、セーラを助けに来ただけだ」

「貴様……何のためにそこまでする」

「なんのためじゃねぇ、それが正しいからだ。力尽くでセーラをさらったてめぇが気に入らねぇからだ。ヴィトロムでアルコロジーをブッ倒すなんて抜かしたあの女が間違ってるに決まってるからだ。それとも御大層《ごたいそう》な反戦映画みてぇに、戦うための理由がごちゃごちゃ必要か？」

向こうではライハルトが、座り込んだセーラの肩を支えていた。

「セーラさん！　大丈夫ですか!?」

「あ……あはー……？　お花畑ー……♪」

セーラは光を失った瞳でひどく遠くを眺めたまま、首の据わらない赤ん坊のように頭をふらふらさせている。

「しっかりしてください！　セーラさん！」

セーラの肩を摑《つか》んで揺さぶるライハルトに、身を起こしたミリィは言った。

「おい、大丈夫だって博士。急に突拍子もないチカラを使ったせいで、メルヘンが頭に回ったんだ。そのうち元に戻るからあんまり乱暴にするなよ」

「あ……、ああ！　そうなんですか⁉　じゃあこれが話に聞く急性メルヘン症なんですね……⁉　前線からの報告でしか読んだことはなかったけど、これは興味深い……。セーラさん、この指は何本に見えますか？　今日は何月何日か、わかりますか？」

「見てパパ、綺麗《きれい》なちょうちょが……」

ミリィがあらぬ方向をふわふわと指差している。

「うん、それでちょうちょはいくつ飛んでいるんですか？　色は？　少し、追いかけてみましょうか？　できますか？」

「……。あはー……？」

セーラがすごく朗らかな感じなのは、タクルにも見て取れるのだが。

「おいミリィ……セーラのやつ、ほんとに大丈夫なのか？　すげぇいい笑顔なのに、完全に目が死んでるぞ……」

「そう言われてもな……あれも魔女の生態っていうか、まあチカラのある魔女の持病みてーなもんだからな。あたしはそんなにメルヘンねーからなったことねーけど……ていうか、おい博士！　あんた自分の娘になに知能テストみてーな真似《まね》してんだよ！　親だからっていー加減にしろよ……！」

正規軍が地下施設に突入してきたのは、それから少ししてのことだった。

リュウ少佐の動きに不審を感じていた参謀本部は、彼を泳がせることでその背後関係についての内偵を進めていたらしい。そして今回の件で、ついにクーデターを画策した一派の存在が言い逃れできぬレベルで表面化することとなった。

結局のところ、内偵していたのであればリュウの動きも全て追跡されていたはずなのだ。しかしパンセックシュアルは襲撃され、セーラが攫《さら》われた際にも何の対策も取られなかった。

クーデター派にとっても。中央の参謀本部にとっても。

得体の知れぬゴースト街の、素性も知れぬ人々のことなど……書類上の単語と数字の組み合わせに過ぎぬ、記号のような存在なのだ。

それでも――。

エピローグ

一週間後、タクルとミリィはようやく軍の取り調べから解放された。家に帰る途中、ママへの挨拶も兼ねてパンセックシュアルへ腹ごしらえに寄った。あれだけの銃撃を受けた後なので、店の方もこの一週間は片付けに追われるばかりで、ようやく再開の目途が立ってきたところだという。

「あっらぁ、すごいじゃないのタクルちゃん。それで軍から表彰されたり、復帰を請われたりはしなかったワケ？」

話を聞いて感心するママへ、ポテトフライを口にしたタクルは肩をすくめた。

「んなわけあるか。どこにでもいるようなフロー者として連行されて、根掘り葉掘り聞かれて、それだけだ」

ミリィが笑った。

「つってもそのフロイス博士と、将軍だっていうセーラのじーちゃんが口利きしてくれたおかげで待遇は悪くなかったぜ」

「そりゃミリィは元ガールズアサルトだからだろ」

「占田さんだって元アイアンクラッドじゃねーか」

金だけかかって何の役にも立たなかった虚飾の部隊と、魔女という兵器にその身をやつしてまで地球を救った少女たち。比べるべくもない。

むしろ取り調べの際など、アイアンクラッドのそうした実情を知る軍だからこそ、ぞんざいに扱われた節さえあった。事実なので腹の立てようすらなかったが。

ＣＬＯＳＥの看板がかかった店のドアが、遠慮なく開かれる。

「ババア、いつもの。おや、お二人とも、釈放されたんですね。無事に帰って来られたようで何よりです」

クラリスに、タクルは軽く手を上げた。

「おう。クラリスも元気そうだな」

「お前んトコ、シンジケートからの襲撃とか、軍からの嫌がらせとかなかったか？」

ミリィの言葉を、クラリスは笑って受け流した。

「おかげさまで、拍子抜けするくらい何もありませんでしたよ」

タクルがミリィとかけているボックス席の、タクル側の方にクラリスは腰を下ろす。

「ダイアリーズも上の方が政府から叩《たた》かれたようで、この辺りじゃすっかりナリを潜めました。もちろんケミカルの流通量も減って、以前言ったキリトリの収益も回復傾向にあります。これも全て占田さんのおかげと言えるでしょう」

タクルが返事をする間も与えず、クラリスはぐいぐい詰め寄ってくる。

「大丈夫、軍に没収されたっていうアイアンクラッドも私が出資してまた新しくババアに作らせます。いえいえお礼なんてとんでもない！　占田さんの地域一帯への貢献内容を考えれば、その片隅で企業活動させていただいている弊社としては当然の支援ですとも！」

ミリィがパンケーキを咥《くわ》えたまま眉をひそめていた。

「気持ちわりーな。なに企《たくら》んでやがるんだよ」

「企むなんてとんでもない……ミリィさん、占田さんは使えます。私も先日までは占田さんのことを、可愛《かわい》く笑えばコロリと落ちる都合のいいならず者程度にしか思っていませんでしたが」

「……」

クラリスの言葉に覚えがないわけでもないタクルは、何も言い返せなかった。

「軍とケンカして生き延びたとなればホンモノです。ギャングやマフィアじゃそうはいかない。ミリィさんだけに独占させておくのはもったいない。地域社会全体の損失です。そこで……」

「ぶっちゃければいいってもんじゃねーだろ⁉　占田さんはマフィアになんか貸さねーからな！」

テーブル打って抗議するミリィに、タクルはぼそりと呟いた。

「そもそも俺はミリィの物でもねぇんだがな」

無視して、クラリスは今度はミリィの方へ続ける。

タクルにばかり言い寄るより、ミリィという外堀も埋めた方がラクだという判断からだ。

「まあまあそうおっしゃらずに。今後はタマガー騎士団の活動を私が資金面でサポートしますから、少しばかり融通を利かせてくださいよ。というか肝心のアイアンクラッドは、小規模店経営者のババアや、借金を抱える占田さんや、ボランティア活動しかしていないミリィさんが束になっても用意するのは難しいんじゃないですかねぇ。装備の質は生命に関わる問題のはずですよ」

一理を認めたミリィは、浮かせた腰を落ち着けた。

「お前ほんと人の足元見るのだけは呆《あき》れるくらい大したもんだな……」

「生憎《あいにく》仕事なもので」

「けどな、騎士団の誇りとは言わねーが、あたしや占田さんの夢見るチカラってのは金で

買えるほど安いもんじゃねーんだよ。金勘定でしかモノを見てねーお前にはわかんねーだろうけどな。そうだろ、占田さん」

そんな話を振られたタクルは、思わず笑ってしまった。

「なんだよ、笑うことねーだろ！」

「悪いなミリィ。俺なんかもう夢見るような歳でもねぇと思っちまってよ」

アイアンクラッドになるというガキの頃の夢はもう叶《かな》えてしまった。

その先に自分はいる。

だからだろうか。かつて自分がそうしたように。今の子供たちには、自分の夢を叶えて欲しいと思う。この街を良くすることがミリィの夢だというなら、その手伝いをするのは悪いことではないはずだ。

「そうだな……この街でただ死ぬよりは、ミリィの手伝いをした方が命の張り甲斐《がい》はあるかもな」

「だろ!?　ほらな、占田さんは根っからのヒーローなんだよ。悪党のカタボー担ぐような真似はしねーんだぜ」

「わかりました。ミリィさんがこの店で頼むデザート類は今後一切、全て私が払います」

……。

「もちろん、お代わり自由ですよ」

「……チッ。悪さに利用されそうだったらすぐあたしに言えよ、占田さん」

………。

「なに買収されてんだよ⁉」

思わず声を大きくしたタクルに、ミリィが声を大きくし返した。

「なっ、ちげーよ、人聞きの悪いこと言うなよ⁉　アイアンクラッドの質が良ければ占田さんがそれだけ安全になるっていう、そういう話だろ⁉　買収って、人が食い物に釣られたみてーな言い方やめろよな！」

「な……何て言い草だ……」

タクルが閉口していると、シナモンの香りが漂ってきた。

「おっ……おま、お待ち遠さまでした！　ママの特製シナモンロールです……！」

カチューシャを着けた見慣れぬウェイトレスが、氷上を歩くような足取りでやってきた。

ママ曰《いわ》く。

「オホホ！　二人に紹介するわね。うちのお店の新人、セーラちゃんよ」

タクルとミリィは、セーラとは地下のラボで別れたきりだった。

だからタクルもミリィも、元々がアルコロジーの上層階に住んでいたというお嬢様に、再びこの街、この店で会えるとは思ってもいなかった。

「マジか」

「なんだよセーラ、いるなら早く言えよな！　けどどうしてここに……？」

　無事、クラリスのもとへシナモンロールを届け終えたセーラは、ふぅ……と爆弾解体作業でも終えたように緊張の汗を拭って、驚くタクルと喜ぶミリィに言った。

「お祖父《じい》ちゃんに言われてね。私とお父さん、マルスの影っていう組織に利用されないように、少しの間身を隠さなくちゃいけなくなったの。それでお父さんと相談して、ここなら占田さんもミリィもいるし、クラリスに話したら住む場所なんかも用意してくれるって言うし、ママもまた働かせてくれるって言ってくれたから」

　ミリィはセーラの手を取った。

「そっか……いろいろ大変そうだけど、あたしはまた会えて嬉《うれ》しいぜ！」

「ほんとに？　私もよ！　あの時はお礼も言えなかったけど、助けてくれてありがとうミリィ！　占田さんも、困ったことがあったら何でも言って！　私ね、自分のチカラの使い方もわかってきたから！　これからは占田さんが自警団で世直しとか街作りするの、手伝えると思う！」

「いや、それはいいが……街作りってなんだ」

ミリィは言った。

「だからさ、占田さんがこの街のテッペン取って、この街から悪いコト全部なくしちまえばいーんだよ！」

セーラが言った。

「そう、そういうの！　私、手伝うから！」

クラリスが言った。

「活動資金や人事のご相談は、ぜひご用命を！」

ママが手の平を顔に当てて笑う。

「オホホ！　タクルちゃんてば、モテモテじゃないの」

「うるせぇ、全部ガキじゃねぇか。……それよりまだ店の片付けがあるんだろ、ママ。仕事があるなら手伝うぜ」

そう、それでも。

人々はそこに暮らし、頑張って生きている。

あとがき

夢とロマン溢れる異世界ファンタジーも好きなのですが、あり得るかも知れない現実の延長線上として描かれた八十年代のサイバーパンクが大好きです。危ういほど進化し続けたテクノロジーが生み出した歪《いびつ》な未来社会、精神性だけを二十世紀に置き忘れてきたかのように現代の我々と変わらぬ苦悩を抱えて生きる人々。そんな夢のない歪《ゆが》んだ社会でも、減らず口を叩きながらたくましく生きる人々の姿に強い憧憬を感じるのです。

あとメカとかサイボーグとかとにかくカッコイイ。

今作でそれを表現できたかというとまあいつもの自分なりなのですが、剣と魔法の世界とはまた別な何かを感じていただけたなら嬉しい限りです。

筆者が角川スニーカー文庫でデビューしてから、すでに二十年以上が経過しました。本来であれば大々的にお祝いしたり、ちやほやされたりしたいところです。

……そう、コロナ禍だね！

なので編集部にワガママを言って、自分で自分の記念になるような作品を書かせてもらうことにしました。そのためにイラストもデビュー作でお世話になった愛姫《えひめ》みかんさんにお願いすることにしました。わー。

愛姫さんにおかれましては快諾してくださり、お忙しい中を無理にお時間を割いていただいてありがとうございました。女の子たちが可愛い！　タクルとアイアンクラッドがカッコイイ！　おかげでＳＦを書いてみたいという自分の夢が理想通りに叶いました。ありがとうございました。

そして担当Ｋ氏。私のふわっとした企画とも呼べぬ思い付きを真っ向から受け止め、度重なる改稿のアドバイスからタイトル選定まで、辛抱強く苦労を重ねてくださったことは感謝に堪えません。こうして形になるに至った全てはＫ氏の努力の賜《たまもの》です。顔を合わせての打ち合わせも以前ほど簡単にはいかない状況から時間はかかってしまいましたが、こうして発表できて有り難く思います。

で……いつもならここで次巻の予告になるのですが。

二巻はわかりません！（正直）

いやもちろん自分では面白いと思って書いたものなので書かせてもらえるなら書きたいのですが、ライトノベルシーンで主流の異世界モノでもなければラブコメでもないので……どうなんでしょうね？　売れるといいな。

続刊か別な新作かはわかりませんが、またの機会にお会いできることを願って！

二〇二三年　三月　林トモアキ

メルヘンザッパーデストロイヤー
英雄《えいゆう》になり損《そこ》ねた男《おとこ》、最底辺《さいていへん》スラムで掃除《そうじ》する

著　林《はやし》トモアキ

角川スニーカー文庫　23606

2023年4月1日　初版発行

発行者　山下直久

発　行　株式会社KADOKAWA
〒102-8177 東京都千代田区富士見2-13-3
電話　0570-002-301（ナビダイヤル）

印刷所　株式会社暁印刷

製本所　本間製本株式会社

※本書の無断複製（コピー、スキャン、デジタル化等）並びに無断複製物の譲渡および配信は、著作権法上での例外を除き禁じられています。また、本書を代行業者等の第三者に依頼して複製する行為は、たとえ個人や家庭内での利用であっても一切認められておりません。

※定価はカバーに表示してあります。

●お問い合わせ
https://www.kadokawa.co.jp/（「お問い合わせ」へお進みください）
※内容によっては、お答えできない場合があります。
※サポートは日本国内のみとさせていただきます。
※Japanese text only

©Tomoaki Hayashi, Mikan Ehime 2023

Printed in Japan　ISBN 978-4-04-111296-0　C0193

★ご意見、ご感想をお送りください★
〒102-8177 東京都千代田区富士見 2-13-3
株式会社KADOKAWA　角川スニーカー文庫編集部気付
「林トモアキ」先生「愛姫みかん」先生

読者アンケート実施中!!

ご回答いただいた方の中から抽選で毎月10名様に「図書カードNEXTネットギフト1000円分」をプレゼント!

■ 二次元コードもしくはURLよりアクセスし、パスワードを入力してご回答ください。

https://kdq.jp/sneaker　パスワード　mf8zk

●注意事項
※当選者の発表は賞品の発送をもって代えさせていただきます。※アンケートにご回答いただける期間は、対象商品の初版(第1刷)発行日より1年間です。※アンケートプレゼントは、都合により予告なく中止または内容が変更されることがあります。※一部対応していない機種があります。※本アンケートに関連して発生する通信費はお客様のご負担になります。

[スニーカー文庫公式サイト] ザ・スニーカーWEB　https://sneakerbunko.jp/

角川文庫発刊に際して

角川源義

第二次世界大戦の敗北は、軍事力の敗北であった以上に、私たちの若い文化力の敗退であった。私たちの文化が戦争に対して如何に無力であり、単なるあだ花に過ぎなかったかを、私たちは身を以て体験し痛感した。西洋近代文化の摂取にとって、明治以後八十年の歳月は決して短かすぎたとは言えない。にもかかわらず、近代文化の伝統を確立し、自由な批判と柔軟な良識に富む文化層として自らを形成することに私たちは失敗して来た。そしてこれは、各層への文化の普及滲透を任務とする出版人の責任でもあった。

一九四五年以来、私たちは再び振出しに戻り、第一歩から踏み出すことを余儀なくされた。これは大きな不幸ではあるが、反面、これまでの混沌・未熟・歪曲の中にあった我が国の文化に秩序と確たる基礎を齎らすためには絶好の機会でもある。角川書店は、このような祖国の文化的危機にあたり、微力をも顧みず再建の礎石たるべき抱負と決意とをもって出発したが、ここに創立以来の念願を果すべく角川文庫を発刊する。これまで刊行されたあらゆる全集叢書文庫類の長所と短所とを検討し、古今東西の不朽の典籍を、良心的編集のもとに、廉価に、そして書架にふさわしい美本として、多くのひとびとに提供しようとする。しかし私たちは徒らに百科全書的な知識のジレッタントを作ることを目的とせず、あくまで祖国の文化に秩序と再建への道を示し、この文庫を角川書店の栄ある事業として、今後永久に継続発展せしめ、学芸と教養との殿堂として大成せんことを期したい。多くの読書子の愛情ある忠言と支持とによって、この希望と抱負とを完遂せしめられんことを願う。

一九四九年五月三日